JN311919

ふたりの肌を貼りつかせるのは、崇人の白濁だ。
秋永の攻めに限界まで欲を孕んだ崇人自身は、
己の自覚のないままに弾けてしまったらしい。
「愛いやつ……」

陰陽師皇子は白狐の爪で花嫁を攫う

雛宮さゆら

AZ BUNKO
イースト・プレス

CONTENTS

illustration 月之瀬まろ

陰陽師皇子は白狐の爪で花嫁を攫う

序章　――花宴――

はらはらと、薄紅色の雪が降る。

雪の季節は、とうの昔に終わったはずだ。崇人《たかひと》は顔を上げ、手をかざす。

手のひらに舞い降りてきた薄紅は、桜の花びらだ。崇人の視界の先には大きな桜の木が何本もあって、無数の花が今を盛りと開いている。春の甘い風が吹くたびに花びらが舞い、あたりの空気を桜色に染める。

顔の前に手をかざして眩《まぶ》しい陽を避けながら、崇人は視線を向こうにやった。

暖かな光の降り注ぐ内裏の南、廂《ひさし》の前の階《きざはし》。蔀戸《しとみど》は上げられ御簾《みす》が垂れているのが見えた。その前には貴き身分の直衣《のうし》姿の上達部《かんだちめ》たちが数々集い、めいめいに杯《さかずき》を傾けている。その杯に酒を注ぐのは、鮮やかな汗衫《かざみ》姿の女童《めのわらわ》たち。

その後ろの御簾の内には、さらに華やかな裳《も》唐衣《からごろも》に身を包んだ女房たちがいるはずだ。彼女たちもまたこの桜の日を楽しんでいるということが、洩《も》れ聞こえるかすかな声から察することができる。

たくさんの人々が集う、桜の宴。崇人も殿上人のひとりとしてその一員となるべく招かれてはいるのだが、大きな桜の木々を前にした廂の下の、華やかな宴に混ざることには抵抗があった。それは崇人が賑《にぎ》やかな場所を好まないということもあったが、彼の血筋ゆえに、この大内裏に身を置きにくいという事情もあったのだ。

「……ふぅ」

もうこのまま帰ってしまおうか。そう思って振り返った崇人は、こちらに歩いてきている男に気づいた。慌てて一歩後ろに引いて、頭を下げて男の歩みをやり過ごそうとする。

ふわり、と春の香《か》に混ざって薫るものがある。崑崙方《くろほう》。高貴な、香《こう》の薫り。

「あ……」

垂纓冠《すいえいかん》に、繁文《しげもん》の織り出された浅緑の袍《ほう》。白綾《しらあや》の袴《はかま》。身なりこそ地下《じげ》の身分のものだけれど、彼が日々の任務では真っ白な浄衣姿で暦を見、夢を読み、呪《しゅ》を操る陰陽師《おんみょうじ》であることを崇人は知っていた。

（八の宮さま……）

八の宮秋永《あきなが》。今上帝の八番目の男子《なんし》であり、二十歳の崇人より六歳年長で、今年二十六歳になったはずだ。

皇子《みこ》であるという生まれからして、貴《あて》である二位三位、陰陽寮においては陰陽助、否、陰陽頭でもおかしくはない。それなのに望んで地下、従七位上でしかない陰陽師の位に身を置いている人物だ。

　しかしいくら浅緑の袍に身を包んでいても、陰陽師の身分であっても、その生まれ持った高貴は隠しきれるものではない、と崇人は思った。

（これほど、近くでお目にかかるのは……初めてだけれど）

　ちらり、と目だけを上げて秋永を見る。ざっ、と薄紅の風が吹いた。舞い踊る花びらに包まれるように秋永は崇人の目の前にいて、その白い面《おもて》とはっきりとした目鼻立ちは、自然に崇人の目を惹《ひ》いた。

　秋永は、微笑《ほほえ》んでいる。ひとりで立っている彼は、供の者をつけていないのだろうか。それとも皇子とはいえ大内裏では、七位という身分にふさわしくひとり歩きに身をやつしているのだろうか。

「おまえは……」

　目を細めて、秋永はそうつぶやいた。その声を奪うように、また甘い風が吹く。崑崙方が薫る。

「名乗れ。名を聞かせろ」

「……民部省《たみのつかさ》が少輔、清峰《きよみねの》崇人と申します」

　低い声で、崇人は答えた。

「お目汚しをして、申し訳ございません。すぐにでも立ち去りますので……」

すがめた目のまま、秋永は崇人を見ている。清峰、という姓を聞いて思い及ぶことがないはずがない。特に、彼が陰陽師であるのであれば。

「失礼いたします」

そう思うと、ますます秋永の前には立っていられないと思った。崇人はそのまま後ろに下がり、しかしその腕を秋永が取った。

「待て」

強く摑《つか》まれて、崇人は顔を上げた。くっきりとした黒の瞳《ひとみ》、まっすぐに通った鼻筋。唇は薄いものの中央がやや膨らんで艶《つや》っぽく、同性ながらに思わずどきりとしてしまう容姿だった。

「崇人」

静かな声で、秋永は言った。自分の名を呼ぶ秋永の声はその姿にふさわしく色めいていて、崇人の胸はますます強く、高鳴った。

「そう、私を嫌うことはないのではないか？」

「いえ……嫌うなど、そういうわけでは」

摑まれた手を払うという無礼はできかねたし、さりとてとらえられたままだというのも心騒ぐ。ぐいと引き寄せられて、崇人の胸はまた大きく音を立てた。

「お許しください。御前にいられる身ではございませんので」

心から秋永の前から逃れたかったわけではない。許されるものなら、ずっと彼の美貌《びぼう》を見つめていたいとさえ思っている。しかし崇人は清峰の家の者。秋永の前にいることには、どうしても気が引けた。

「なぜそのようなことを言う。おまえが、悪霊左府《あくりょうさふ》の身の内の者だからか」

「……っ！」

彼は、多くの者が口憚《くちはばか》ることをはっきりと言った。このたび、崇人の胸は別の意味合いを持って鼓動を奏でる。思わず目を見開いて、秋永を見つめた。

秋永は、にやりと笑った。薄い唇が弧を描き、その艶《なま》めかしさが目を奪う。

しかしそれよりも崇人を動揺させているのは、先ほど彼の発した言葉だった。

「そのようなことを、お口になされては……」

形にするだけで、不吉な呼び名だ。口にしたことがよからぬ力を得ることを、陰陽師たる秋永が知らぬはずはあるまい。崇人は怯《おび》え、そんな彼の様子を楽しむように、秋永は浮かべた笑みを濃くした。

「なにを恐れる。単なる真実を口にしただけだ」

「それが、恐ろしいのでございます」

桜の花びらの混ざった甘い風が吹く。崑崙方が薫る。今の崇人は、それにさえびくりとしてしまう。

「今日のようなめでたき日に、お口にされることではございません」

「だからおまえは、立ち去ろうというのか？」

手首を掴む手が、強くなった。きりり、とかすかに走った痛みに崇人は顔をしかめる。

しかし秋永は、さも楽しげに微笑んだままだ。

「しかし、私はおまえを見つけた」

彼の笑みが、一段と濃くなる。楽しげに、嬉《うれ》しげに、秋永は崇人を見つめ、その黒い瞳の放つ不思議な魅力にとらわれて、崇人は動けなくなってしまう。

「清峰の家が悪霊左府に連なるものだからといって、なんなのだ？　おまえ自身には、なんの咎《とが》もないであろうが」

「そのようにおっしゃるのは、八の宮さまだけです……」

かつて、悪霊左府と呼ばれた男がいた。怪しげな陰陽師を使い、ときの権力者に立ち向かおうとしたが、敗れた。清峰の一族はその血を引いており、ゆえに崇人も、殿上人とは認められてはいるが宮中に居場所のない居心地悪さを感じている。今日の桜見の宴に積極的に参加できないのも、そのような背景があってのことだ。

「八の宮、などと。そのようによそよそしく呼ぶではない」

ぐい、と手首を引かれた。崇人は思わず秋永の胸に倒れ込みそうになり、足に力を込める。しかし秋永はそのような崇人には構わず彼を抱き寄せ、背に手をすべらせて顔を近づ

ける。

「秋永、と。そう呼べ」

「そのようなわけには、まいりません……」

貴人の諱《いみな》を呼ぶなどと。そのようなことが許されるはずもないのに、まるでなんでもないことのように言う秋永は、確かに皇子でありながら陰陽師として働くことを選ぶ、変わった人物であることが見て取れた。

「おまえには、許す。秋永と呼べ」

「宮……」

喘《あえ》ぐように、崇人は言う。そうはできない、と開こうとした口は、近づいた柔らかいものによってふさがれた。

「ん、く……っ……？」

息を奪われ、崇人は目を丸くする。重なっているのは、秋永の唇だ。それが思いのほか柔らかく、しっとりと吸いついてくることに驚いた。

「……っ、あ……っ……」

ふたりの唇は深く重なり合い、崇人から呼吸を奪う。息苦しさと、伝わってくる柔らかさの生み出す快楽に酔わされて、崇人は思わず目を閉じた。

「あ……ん、……っ」

意図しない声が洩れる。それが吹き流れる桜の風よりも崑崙方よりも甘いことに、崇人の背を這《は》うぞくりとしたものがあった。

男にくちづけられて、声をこぼすなんて。崇人は秋永の胸に手を置き、逃れようとする。しかし彼の手は強く背に回っていて、しっかりと抱きしめてきて離れない。強く、香が薫る。

ふっと、重なった唇が開かれる。つられて崇人もわずかに唇の硬直を解き、するとそこに入り込んできた濡《ぬ》れたものがあった。

「は……っ、……」

忍びいってきた舌に、唇を舐《な》め溶かされる。それは崇人の唇の形を紅を塗るようになぞり、ぺちゃりとかすかな音がして、それもまた悪寒を誘った。しかし背を這う感覚は、疎ましいものではない——それどころかくちづけを悦《よろこ》ぶ体の反応であることに気がついて、崇人の体には新たな戦慄《せんりつ》が走る。

ぺちゃ、くちゅと音を立てながら、舌が入ってきた。それは崇人の歯の表面を舐め上げ、伝わってきたのは体中に響く衝撃だ。逃げる崇人の体を、秋永はますます強く抱きしめる。そのまま深く舌を差し入れ、口腔《こうこう》をぐるりとかきまわした。

「っ、う……ん、っ……」

溢《あふ》れる声を吸い取るように、秋永はさらにくちづけてくる。舌をからめとられ、吸い上げられた。じゅくりとふたりの唾液《だえき》が混ざり、他人の味に奇妙な酩酊《めいてい》を味わわされる。

舌が抜けそうなくらいに吸われたかと思うと、癒《いや》すように舐められた。じん、と痺《しび》れた根もとに舌をすべらせられ、ざらりとした表面で触れられて、ぞくぞくっとしたものが走る。及び腰になった体を、さらに深くまで強く抱きしめられる。

「も、……う、っ……」

体中から力が抜けて、崩れ落ちそうだ。崇人は全身を秋永の腕に委《ゆだ》ねていて、触れ合うすべての箇所に伝わる熱に、感覚を刺激される。

「あぁ、……、あっ……」

ちゅくん、と音がして、くちづけがほどかれる。痺れた口腔への刺激を失い、崇人は、はっと目を見開いた。

「……あ」

目の前には、秋永の黒い瞳があった。それが潤んでいるように見えて、崇人は思わず息を呑《の》む。

彼の手が、ほどけた。崇人は身をかたわらの大木に預けて立つ格好になってしまい、足に力を入れて今にもくずおれそうになる体を必死に支える。

「美しい、な」

そんな崇人を、目を細めて見つめながら秋永は言った。

「瞳も、唇も……肌まで、潤んで。蜜《みつ》でできた、細工のようだ」

「み、や……」

なにを、と崇人は眉根《まゆね》に皺《しわ》を刻む。そのようなものにたとえられて、嬉しいはずがない。

「お戯、れを……」

「戯れではない。本当のことを言ったまでだ」

秋永の手が、崇人の頬《ほお》に触れる。熱っぽいくちづけはもうほどかれたはずなのに、そっと指先で触れられただけで、伝い来る耐えがたいまでの刺激があった。

ふたりの唾液で濡れた唇を舐め、秋永はささやいた。

「それに、私のことは名で呼べと言ったはずだ」

すっと、指が離れる。それに引きずられるような思いで、崇人の視線は秋永のそれにとらえられた。

「呼べ……秋永、と」

「秋永、さま……」

とっさに口をついた声はもつれ、うまく発音できなかったかもしれない。しかし秋永は満足げに微笑み、もう一度触れるだけの淡いくちづけをしてきた。

「よく言えたな」

そうして彼は、手にした檜扇《ひおうぎ》をぱっと広げた。鮮やかに桜の花びらが描いてある。崇人はそれに視線を奪われ、同時に吹いた花びら混じりの風が目に入る。

思わず、目をつぶった。再び瞼《まぶた》を開いたときには、もう秋永の姿はなかった。目の前には薄紅の風が舞うばかり、崑崙方の薫りがほのかに残るばかりだ。

「……秋永さま？」

彼は、消えてしまった。どこを見まわしても、彼の痕跡《こんせき》すら見当たらない。崇人は、何度も目をしばたたかせた。

彼は、陰陽師だから。だから崇人にはわからない、術だか呪を使って消え去ったのか。それとも崇人は、彼が立ち去るのにも気がつけないくらい、抱擁とくちづけに惑わされて感覚を失っていたのか。

視線を彼方にやると、八省院《はっしょういん》の南廂、桜見の宴が催されている光景が目に入る。この距離で彼らが崇人たちに気づけたはずはないと思うものの、それでも見られていれば、との思いが脳裏をよぎり、頬がかっと熱くなった。

崇人は、満開の桜に背を向ける。束帯の裾《すそ》を暖かい風に煽《あお》られながら、ことさらに力強く地面を踏んだ。

それでも体中に走った痺れは、なおも崇人の感覚を蹂躙《じゅうりん》していて。思わず触れた自らの唇は、濃厚なくちづけにまだ湿り気を帯びていた。

第一章　――宿星――

都では、奇妙な出来事が横行している。

その朝、出仕した崇人は、隣の文机《ふづくえ》の前に座る同僚たちがささやく噂話《うわさ》に思わず耳をそばだてた。

「また、あの手の物の怪《け》に取り憑《つ》かれたそうだ」

すぐ隣に座っている男のひそひそ声に、崇人は思わず眉をひそめる。

「物の怪とはいっても、尋常ではない。いったん憑かれれば昼となく夜となく叫び、わめき、いかな僧にも陰陽師にも祓《はら》えずに……」

「死に至る者もあるとか」

その向こう、もうひとりの男がぶるりと身を震いながらそう言った。

その話は、崇人にとって初耳ではない。物の怪騒ぎが起こるのは世の常としても、今までの記録にさえないたちの悪い物の怪――それが都のあちこちに出、男となく女となく、若い者も年のいった者も身分の高低にもかかわらず取り憑き、騒ぎを起こしているという。

「おう、そうよ。誰《だれ》にも手がつけられぬまま、気を惑わせて死んでしまうのだ。それが、あの家にも」

「恐ろしい」

笏《しゃく》を口もとに当て、男はまた身震いをしながらそう答える。

ひそひそと話し交わされる声は、あちこちから聞こえた。それらがすべて、このたびの都の怪を噂しているように感じ、崇人の口の端が引きつった。

「皆、家を出るのを恐れている」

「だから、出仕してこぬ者が多いのか」

崇人も、まわりを見まわす。席は、あちこちが空いている。これもまた、都の怪が人の口の端に上るようになってからの現象だ。

「しかし、符呪《ふじゅ》を貼《は》り家にこもっていても、憑かれるときは、憑かれる」

「ほら、なんとかいう陰陽師……右京に庵《いおり》を構えている。あの者なら、祓えるとの噂を聞いたが」

「しかし、すべての物の怪を祓えるというわけではあるまい？　それに、あの者は莫大《ばくだい》な報酬を取るというぞ。我らの懐具合では、支払うことなどできぬくらいのな」

ほう、とふたりがため息をつく。息をつきたいのは、崇人も同じだった。

先日の桜見の宴も、開かれたのは物の怪の引き起こす事件の不穏な空気を払拭《ふっしょく》するためだと聞いている。しかし桜見にいい季節であるのは事実なので、ただ恒例の桜見の宴であっただけかもしれない。尊き方々の考えなどは崇人にはわからない。

それでも、物の怪は身分の高き低きに関係なく取り憑くという。陰陽師である八の宮秋永も出席していたことから、ともすれば物の怪の祓いのために執り行われた儀であったのかもしれないと崇人は思った。

「なんでも……」

隣の男が、声を潜めた。彼はちらりと崇人を見、その耳を気にしたように話し声を絞る。しかしすぐ近くの彼らの声は部屋のさざめきの中にあっても、崇人にはっきりと届いた。

「この物の怪騒ぎには、もとがあるというぞ」

「なんだと？」

相手の男も、声をなおも小さくする。彼らはきょろきょろとあたりを見まわし、崇人はそれに気づかないふりをした。

「陰陽師が祓っても、消えない。それは、そもそも陰陽師たちが物の怪を見過ごしているからだというのだ」

「なに？　どういうことだ？」

崇人は、自分の耳がぴくりと動いたような気がした。

「知っているだろう。太政大臣どのと、右大臣どのとの……」

「ああ」

憚るように、男は目をあちこちに動かす。

「太政大臣どのは、陰陽道に傾倒していらっしゃる。陰陽寮を手中に、都の物の怪を操っている。わざと、騒ぎを起こしているというのだ」

「都に、もっと大きな変異を起こすつもりだと？」

「となれば、相手は右大臣どの」

崇人は顔をしかめた。太政大臣が、右大臣を追い落とすために陰陽寮を配下としているというのか。

「物の怪騒ぎに乗じて、追い落とそうということか？」

「春宮こそは太政大臣の御娘、梅壺女御《うめつぼのにょうご》腹だが、帝は右大臣どのの姫君……弘徽殿女御《こきでんのにょうご》を寵愛《ちょうあい》なさっている。決して、梅壺がおざなりとは言わぬが……」

帝は、春宮の母であり将来の国母である梅壺の女御を、中宮に立ててはいない。それは弘徽殿に遠慮して、という噂もある。同時に春宮である一の宮より、二の宮のほうが人望厚いという話も耳に入ってくる。

「弘徽殿がときめいているのは、言わずもがな。帝は、弘徽殿こそを中宮にとお考えかもしれない」

弘徽殿女御が中宮になれば、その腹の二の宮が代わって春宮となる可能性もある。太政大臣がそれを懸念するのは当然だろう。

「それで、太政大臣どのは慌てていらっしゃるということか」

「しかし、だからといって……陰陽寮を操って都を騒がせるなど……」

今上帝の御代の和を乱すこと。それは帝に叛意《はんい》を持つに等しいのではないか。崇人は密《ひそ》かに眉根を寄せた。

「もちろん、ただの噂だ。ゆめ、滅多なところで口にするではないぞ」

ふたりは押し黙った。崇人も、そのような最高位の大臣たちの諍《いさか》いは知っている。しかし陰陽寮が関《かか》わり合いになっているとは知らなかった。

（陰陽師……）

八の宮秋永。太政大臣が陰陽寮を配下に置いているということは、彼もその手の内にあるのだろうか。太政大臣について都の平穏を混乱させようとしているのだろうか。彼も都を騒がせる者のひとりであるならば、父たる帝に叛意を持つ人物だということになる。

（帝に……など。とんでもないこと……）

彼のことを思い起こすと、ふと体の奥が疼《うず》いた。唇を嚙《か》んでそれをこらえようとすると、今度はあの濃厚なくちづけを思い出してしまう。

（このような、ときに）

今から職務に就かねばならないというのに、夢想に気を取られている場合ではない。しかし彼の残したくちづけは崇人の脳裏にあまりに濃く焼きついていて、ことあるごとに思い出さずにはいられないのだ。

記憶が蘇《よみがえ》るごとに、かあっと頬が熱くなるのを感じる。崇人は慌てて頭を振り、湧《わ》き起こる思いを振り払う。視線を目の前の文机に落とし、やがて回ってくるはずの書簡の内容に思いを馳《は》せようとした。

しかし、秋永の残した印象は強烈だった。あの日から何度、頭の中で繰り返されたか知れない思い出に気を取られ、崇人の耳には隣り合った同僚たちの声も聞こえなくなっていく。

(秋永……さま、は、お戯れが過ぎる)

胸の奥、ここにはいない人に責める言葉を投げかけた。

(あのようなこと、ただの気まぐれに過ぎないのに。私は、これほどに動揺して……)

彼は、すでに崇人のことなど忘れているかもしれない。あのときのことは本当にただの戯れで、崇人がこれほどに意識するだけ、ばかばかしいことであるはずなのに。

(罪な、お人だ)

崇人はため息をつく。それが思いのほか大きかったらしく、まわりの者が彼を見た。思わず咳払《せきばら》いし、崇人は頭の中に浮かぶかの人の姿を打ち消そうとした。

職務が終わり、馬を駆っての帰宅路、朱雀《すざく》大路。

桜の立木は、可憐《かれん》な花を咲かせている。大内裏に植わっている木々よりも見劣りはするものの、暖かい陽に照らされた花々は、今を盛りと競うように咲き誇っていた。

馬上、崇人は薄紅色の並木に見入っていた。まわりを行く人々も同じく、あの木がもっとも賑やかだ、いやあの木だ、と楽しげに言い交わしている。

「……あ、っ……？」

ざぁっ、と、風が吹いた。崇人は、とっさに袖《そで》で顔を覆う。

「な、に……」

桜の花びらがすさまじい勢いで舞い上がる。目の前が薄紅に覆われて、なにも見えない。

舞う花びらに包まれた崇人は、袖で花びらを払いながら、懸命に視界を確保しようとする。

（この、花……！）

花びらは、まるで生きているかのように舞い踊る。これが都を騒がせているという怪、太政大臣が手中にしているというあやしの出来事――確かにこの花びらは誰かに操られ、崇人から視界を奪っているかのようだ。

（花を操る、なんて）

陰陽師でもあるまいに。そう崇人が思ったのと同時に、どこからか響く、声が聞こえた。

『崇人』

その声は、耳の奥に忍び込んでくる。崇人は、はっとした。しかし視界はふさがれたまま、いっさいなにも見えない。

『目を閉じろ。花びらに、惑わされるな』

「だ、れ……」

聞いたことのある声。しかし今の崇人には、その声の主を思い出すだけの余裕はない。

『逃れられるように、念じろ。花びらから逃げるのだ』

「あ、っ……!」

(この、声)

その主が、誰だかわかったような気がしたのに。しかしその名が頭をよぎる前に崇人は目をつぶり、声が導いたとおりに念じていた。

懸命にただ、花びらが霧散することを強く願った。すると薄紅の色がだんだんと淡くなっていく。崇人の見開いた目にはまわりの景色が見え始め、ややもすると舞い散る花びらは消えて常の情景が戻った。

「……あ、……」

崇人は、唖然《あぜん》とあたりを見まわした。歩く人々の姿はそのままに、崇人だけが馬上で呆《ぼう》然《ぜん》としている。

「な、……っ……？」

『私の、思ったがままだ』

くすくすと、笑う声が聞こえる。しかし晴れた視界の中、笑っている人物はどこにも見当たらない。

『見込んだとおりだな、おまえは』

「誰……」

今となっては、問うまでもなかった。あの桜見の宴の日から、脳裏に焼きついて離れないあの人物の、声。

「秋永さま……？」

なぜ、彼の声が聞こえるのだろう。いったい、どこから。崇人はあたりを見まわし、しかし崇人の耳には、さらなるくすくす笑いが聞こえるばかりだ。

笑い声は、すぐに遠くなった。崇人はひとり取り残されたような気になって、なおもまわりを見る。

しかし徒歩《かち》や馬で通り過ぎる者たちは、崇人のことなど見てもいない。先ほどの奇妙な出来事は、崇人の目と耳にだけ起こったことだということが知れた。

「いったい、なにごとだったんだ……？」

そして、舞い上がった花びらの不思議。崇人は眉をひそめながら馬を進める。

(秋永さまに伺えば、わかることなのか？)

しかし、皇子たる秋永に直接訊《き》くことなどできるはずがない。そのような機会が巡ってくるわけはないと思いながらも、崇人の指は、自然に唇に這った。

(なにを……)

そこを、そして口腔の内に這った舌の感覚を。蘇る感触に、ぞくりとする。春の暖かい陽に温められた背が震えるのを感じながら、果たしてそれはあの桜の怪のせいか、それとも秋永の情熱的すぎるくちづけが再来したせいなのかと考えた。

(あのような、戯れ……)

軽く首を振って、振り払おうとした。しかしいったん思い起こせば、記憶は滝川の流れのように脳裏を包む。離れない幻となって、崇人を苦しめる。

(秋永さまは、覚えてもいらっしゃらないだろうに……)

崇人ひとりが意識し、思い出にいまだに頬を熱くしている。そのことを恥じながら、同時にこれほどに自分をさいなむ徴《しるし》を残した秋永という皇子は、何者なのかと思う。あのような行為は、秋永にとってなんでもないことなのか。それとも秋永は、崇人のうちにあるなにかを見出し、あのような熱情をぶつけてきたのか。

(——うぬぼれだ)

そのようなことを考えている自分が、恥ずかしくなった。たかが従五位下、しょせん清峰の家の者である崇人に、秋永が情けなどかけるはずはない。いと高き御方《おんかた》のつまらない戯れをいつまで経っても忘れられない崇人が、愚かなのだ。

そうはいっても、はっきりと聞こえた秋永の声。あれはいったいなんだったのか。単純な好奇心は、ある。また、先ほどの桜の実態はなんなのか。それらを秋永に尋ねてみたい気持ちもあって、しかしそう簡単には答えを得ることはできないもどかしさに、崇人は大きく息をついた。

顔を上げる。大路の両端に連なる桜の木々は、先ほどの怪などなかったかのように開く薄紅を揺らしている。

かぽ、かぽと馬の立てるのどかな足音を耳に桜並木を眺めながら、崇人は脳裏を包む考えても詮《せん》ない思いを振りきろうとし、大きく首を左右に振った。

□

春の宵。今夜は空気が澄んで、月明かりの降る前栽の眺めも格別だ。

崇人は、縁に出て月の光を浴びていた。かたわらには瓶子《へいじ》、手には杯。まわりには女童のひとりもおらず、崇人はひとりで酒を飲んでいるのだった。

そう強いほうではないが、このような雅な夜には酒の一献でも傾けたくなるものだろう。

朧《おぼろ》な月明かりを眺め露が飾る葉を眺め、はらはらと舞い落ちる花びらを眺め、ひと口酒を含む。それだけですっかり酔ったような心持ちになって、崇人は熱い息をついた。

「崇人さま」

そこにかかったのは、家人の声だ。崇人は視線だけをそちらに向け、目でなんだと問いかけた。

「崇宗《たかむね》さまが、お呼びにございます」

「父上が？」

崇人は、すっと目をすがめた。杯に残った酒をくいと飲み干し、かたわらに置く。

「なにごとでいらっしゃるのか……」

ひとり酒の邪魔をされたことは、正直面白くはない。しかも崇人の父、清峰崇宗が息子を呼び出すとなれば、この清峰家の零落を嘆き愚痴をかき口説くためということが多いものだから、上げる腰も自然と重いものになる。

それでも、女童を呼び身なりを整えた。用件がなにであろうとも、家長たる父の前に出るのだから、縁の柱を背にしてだらしなく座っていたことで乱れた狩衣《かりぎぬ》姿のままというわけにはいかない。

深藍《ふかあい》の直衣に身を包み、父の住まう母屋《もや》に向かう。上げられた蔀の向こうへ声をかけると、返事があった。

「おお、崇人。入ってくるがよい」

父、崇宗は妙に上機嫌だ。崇人は訝《いぶか》しみながら、女童の開ける蔀を抜け、小さな炎の揺れる灯明皿の脇《わき》、畳の前の縁に腰を下ろした。

「なにごとかおありでしたか、父上」

「そうだ、そうだ」

姿を現した崇宗は、夜目にもにこにこと楽しそうな顔をしている。父のこれほど機嫌のいい顔を見たのは、いつぶりだろう。いつも他家の繁栄を羨《うらや》み、愚痴ばかりこぼす父のそのような表情はあまりにも珍しく、崇人はきょとんとしてしまった。

「この家にも、運が向いてきたやもしれぬぞ」

両手を揉《も》み合わせながら、崇宗は息子の前に座る。垂れた御簾の向こう、かすかに感じた香の薫りから母もそこにいるのだということがわかった。同じ邸《やしき》に住まいながらも決して仲がいいとはいえない両親が、同じ母屋でなにを話し合っていたのか。崇人は、ますます首を傾《かし》げるばかりだ。

「そなた、今すぐに二条に向かうのだ」

崇人は、眉間《みけん》に深く皺を刻んだ。

「二条……？」

大内裏にほど近い二条大通りといえば、邸を賜った皇子や皇女、高位の臣下が住まう、豪奢《ごうしゃ》な建物の建ち並ぶ通りである。そのような場所に、しかもこのような時間に訪ねる相手など崇人には心当たりがなかった。

「二条とは。しかも、私が……？」

「ほれ、これを見るがいい」

崇宗の差し出したのは、ふわりと崑崙方の香りが漂う書簡だった。その薫りに、崇人はどきりとする。さらには砂子を散らした淡い紅色の薄様は丁寧に漉《す》かれた上等の紙で、それを寄越した主が身分卑しからぬ者であることを知らしめている。

「そなたへの文だ。開いて、見ろ」

「私に……？」

崇人の抱く訝しさは、増した。

この文が崇人宛のものなら、崇人の手に渡されなければならない。しかしその前に崇宗のもとにあったとはどういうことか。なによりも崇宗が常にない上機嫌であることが、崇人にはどのようなことよりも怪訝《けげん》だった。

「いいから、早く。早く、読め」

言われるがままに、崇人は文を開いた。手にすると崑崙方の薫りが際立つ。風雅にはそれほど馴染《なじ》みのない崇人も、これが雅人の手になるものだということを疑うわけにはいかなかった。

そしてなによりも、この崑崙方の薫り。それに胸の高鳴りを誘われながら、崇人は書翰《しょかん》を開いていく。

中には、墨の色も黒々とした力強い文字があった。それが崇人の知る崑崙方の薫りの主の手跡《て》だとすれば、納得できる。そこにはさらさらと、ただ崇人に二条の秋の邸を訪れるように、とあるばかりだ。

「秋の邸、といいますと……」

「八の宮さまのお邸だ。ほかにはあるまい」

その主《あるじ》の名から、『秋の邸』と呼ばれる一区画が二条にあることは知っている。しかしそこは崇人にとっては訪れることのできるような場所ではなく、さらにはそこの主から訪問を促す文が来るなど、考えられないことだった。

「先ほど、届けられたのだ。これは、好機ぞ」

今にも、舌なめずりをしそうな勢いで崇宗は言った。

「好機……？　なんの機でございましょうか」

崇人は、いささか空とぼけた。父の言いたいことがわからないでもなかったけれど、貴なる宮からの誘いに、彼のようにがつがつと食いつくつもりもなかったのだ。

「そのようにぼんやりとしていては、宮中での出世は追いつかぬ」

そんな崇人を、叱《しか》り飛ばすように崇宗は言った。

「仮にも、宮からのお招きだぞ。それを好機としなくて、なんとする」

「しかし、宮のお心はわかりません」

なおも父の心を読めないふうを装って、崇人は言った。実のところ、胸はどきどきと高鳴って、秋永の意図を知りたくてたまらない心地ではあったのだけれど。

「ただ、春の宵の酒の相手をほしがっておられるだけかもしれません。気まぐれに、私をお呼びになっただけかも」

「しかし、そなた。いつの間に宮とのご縁などを得たのだ？」

怪しげなものを見るように、崇宗はじろりと崇人を見やった。

「いくら陰陽師として仕える変わり者の宮とて、我々と関わり合いを持つなど考えられぬこと。なにかあったのか？　いつぞや、宮にお目にかかる機会でも？」

「……それは」

崇人は、言いよどんだ。

過日の桜見の宴で尊き身と見合う偶然があったのだと、言えばよかったのかもしれない。しかし、そのときの出来事——心に刻み込まれたあの思い出が胸をよぎり、崇人は思わず口をつぐんだ。それはとても言葉にできるようなことではなかったし、思い出すだけで頬に朱の上るような、あらわにはできない秘めごとだった。

しかも彼は、太政大臣について都の怪異を起こしている者の内のひとりかもしれないのだ。帝に背く者。そのように悪《あ》しき人物に近づいていいものなのか。

「まぁ、なんでもよい」

口を開けようとしない崇人から、聞き出すことは諦《あきら》めたのか。それともなにがあったにせよ、宮と縁づいた幸運ばかりが崇宗の胸中を占めていたのか。あっさりと、彼はそう言った。

「とにかく、行くのだ。宮のお呼びぞ、無視することは許されぬ」

「無視などとは、思っておりませんが……」

崇人は、父の背後の几帳《きちょう》のほうをちらりと見やった。その向こうにいるはずの母も、父と同じように考えているのだろうか。つまり宮からの誘いを出世の好機と取り、二条の秋の邸に行くことを勧めるような――そのような崇人には背負いきれない期待を込められるのはごめんだったが、しかし秋永のもとに行くことには――心、惹かれた。

立ち上る、崑崙方の薫り。蘇る、桜の木の下での濃密な時間。それらは崇人を落ち着かなくさせ、早く二条に向かいたいような、それでいてためらうような思いを抱かせた。

「疾《と》く、行け。お待たせしてはならん」

父は手を打ち、人を呼ぶ。牛飼童《うしかいわらわ》が現れ、すでに牛車《ぎっしゃ》の用意はできていると言った。

「手まわしのいいことで」

崇人は、独りごちた。

寒くも暑くもない、心地のいい宵。

牛車の中、揺られながら崇人は小窓から外を見る。かたわらに従う、牛飼童の持つ松明《たいまつ》が揺れた。それを包むように、月明かりが落ちている。

（秋永さまは、なんのおつもりで……）

届けられた文から薫った香、秋の邸からの誘い。それらが、いまだ崇人の胸をどきどきとさせている。こうやって二条に向かう道のり、その鼓動は治まることなく、それどころか崇人自身もてあますほどに高鳴っている。

都の宵、すれ違う者たちは少ない。どこぞの男君から女君へ、文の使いでもしているのか、水干姿の童《わらわ》が松明を手に走っている。その行く先を見るともなく見ていた崇人は、月明かりの照らす路の先、二条へとさしかかったことを知った。

崇人の胸が、大きく鳴る。この先に、秋の邸があるのだ。秋永がいる。なぜか崇人を呼んでいて、待っているのだという――崇人は、思わず唇に触れる。指先で撫《な》で、今になってもなお残る感覚を呼び起こされて、かっと頬を染める。

秋の邸に近づいた崇人の牛車は、待っていたかのように現れた舎人《とねり》たちに取り囲まれた。彼らは恐縮するほどに丁寧な物腰で八の宮の従者であることを告げ、主が邸内に待っていることを報《しら》せてきた。

「清峰の一の君のおいでを、心待ちにしておいでていらっしゃいます」

「は、……ぁ……」

胸の高鳴りを隠して、崇人は返事をした。表にはなんとも思っていないように見えるだろうが、内心は動揺のあまりいたたまれない。

牛車が車宿《くるまやどり》に招かれる。牛が外され、上げられた簾《すだれ》をくぐって前板に乗る。差し出された沓靴《くつ》に足を差し入れ、軛《くびき》をまたいで車を離れ、邸の内に立つ。

月明かりの中でも、そこが贅《ぜい》をこらした寝殿であることがよくわかった。隅々にまで主の趣味のよさが現れている、一箇の芸術品であるかのような邸だ。

「ほう……」

思わず、ため息が洩れる。檜扇を口もとに押し当てながら、崇人はまわりを見まわした。月明かりに浮かぶ邸は、崇人を招いているのか、それともなにか、崇人の訳知らぬ意図があってか。崇人の胸の高鳴りは、秋永の心がまったくわからないゆえの不安というわけもあるのだ。

「崇人さま、こちらに」

身なり涼しい年若い舎人が、崇人に声をかける。うなずき、彼のあとを追う。車宿からやや歩いたところにある階の前で沓靴を脱ぎ、磨かれた白木の上を進む。

廊には等間隔に灯明皿を載せた燈台《とうだい》が置いてあり、それが、ぼうと宵の闇《やみ》を薄めていた。

舎人について廊を歩き、渡殿を過ぎ越し、奥の棟に案内される。どこを見ても住む者の趣味の知れる、豪奢でありながら華美ではない造りだ。垂れる簾の模様ひとつ取ってもため息を誘わずにはおらず、崇人の緊張はいや増す。

「八の宮さま」

やや小ぶりな棟のひとつに渡った舎人は、巻き上げられた簾の向こうに声をかけた。蔀もすっかり上げられていて、中にいる者が月見でも楽しんでいるのであろうと思わせる。

ふわり、漂う崑崙方。その主は、問うまでもなかった。

「清峰崇人さまが、おいでになりました」

「そうか」

内から響いてきた声に、崇人はどきりとする。それは秋永の声にほかならなかったからだ。桜の木の下でかけられた声、そして大路の花の吹き荒れた闇の中から聞こえた声。

「足労であったな。崇人」

「は……」

崇人は、思わずその場に膝《ひざ》をつき、頭《こうべ》を垂れた。冠からこぼれた髪が、さらりと春の風に揺れる。

くすくすと、笑い声が聞こえる。秋永の笑い声なのはわかるが、重なって別の笑い声も耳に届いた。崇人は内心首を傾げるが、部屋の中は薄暗く、ちらりと上げた視線も届かない。

「そのように畏《かしこ》まらずともよい。楽にしろ」

秋永の声は、なおも笑いを含んでいた。その声に促されて、立ち上がる。踏みいった室内には薄ぼんやりと灯明皿からの光が灯《とも》っていて、幻想的にも思えるその光景に崇人は何度もまばたきした。

「よく来たな」

「よく来たな」

声が重なる。再び膝をつき、脇息《きょうそく》にもたれかかっている姿を見る。そこにいたのは烏《え》帽子《ぼし》に淡紅の狩衣姿の秋永だ。彼からの文を受け取ってから、高鳴っていた胸がまた大きく跳ねる。同時に、彼がひとりではないことに気がついた。

（ん……？）

部屋の奥から沁《し》み出してくるような闇には、まだ慣れない。崇人は何度もまばたきをし、目にとまったものを凝視した。

（ふわふわ……？）

なにか、手触りのよさそうなふわふわのもの。ちょうどよく焼けた餅《もち》の焦げた部分のような色をしていて、そう思うとなにやらいい匂《にお》いが漂ってくるような気さえする。

「な……！」

崇人は、その場に尻《しり》をつきそうになった。かろうじてそのようなみっともない真似《まね》は免れたものの、見開いた目は容易に閉じられない。

秋永の膝の上には、少年がいた。童姿で髪を総角《みずら》に結い、萌《も》えいずる新緑のような色をした水干をまとっている。

彼は秋永のあぐらに組んだ膝の上に横になり、甘えるように膝に頬をすりつけていた。いと高き身分たる秋永に対する遠慮など微塵《みじん》もなく、彼がただの男童《おのわらわ》ではないことを知らしめている。

「な、に……」

しかし、崇人を驚かせたのは少年の体勢ではなかった。目が慣れてくると、その姿がはっきりと見える。崇人はやっと目を閉じ、開き、まばたきを繰り返して目の前の信じられない光景を見た。

少年の総角頭には、耳が生えているのである。ちょうど、猫か狐《きつね》のような——茶色い大きな耳が生えていて、それがぱたぱたと動いている。

動いているのは、その奇妙な耳だけではなかった。焦げた餅のような色、と崇人が思ったのは、少年の尻部分から見えている——大きな、しっぽだ。

「あ……あ、ああ？」

思わず、奇妙な声を上げてしまう。再び尻餅をつきそうになり、かろうじてこらえたもののひざまずく格好は取っていられない。

くすくす、くすくすと笑う声が部屋に響く。秋永と少年が、笑っている。よほど、崇人の様子がおかしいらしい。しかし崇人は、笑われる恥を感じている場合ではない。

「秋永、さま……」

「ん？」

涼しい顔をして、秋永は人を食ったような声で返事した。彼の手は、片方が杯を持っている。もう片方の手が動き、少年の頭の耳の間を撫でた。少年はくすぐったそうな、気持ちよさそうな顔をする。

「そ、の……童、は……？」

「小雁《こかり》のことか？」

ぴくん、と少年の耳が動く。どうやら、奇妙な少年の名は小雁というらしい。その目はくりくりと大きく、楽しそうに崇人を見つめている。

「私の奴《やっこ》だ。童と見えるが、もう何年生きているものか私も知らん」

「ぼくも、覚えてません」

狐の鳴き声を思わせる声で、小雁は言った。同時に、ふさふさとしたしっぽがふわりと揺れる。

「人……では、ないのですよね」

恐る恐る、崇人は尋ねた。真実人ならば失礼な問いではあったが、その耳もしっぽも作りものには見えない。もっとも秋永なら崇人をからかうために、そのくらいの細工はしそうだと思ったのだけれど。

「ふふっ」

小雁は、どこか婀娜《あだ》めいた笑い声を洩らした。それは奇妙に崇人の頭の中に響き、まるで強い酒を呷《あお》ったときのようなくらりとした感覚を味わわせる。

「あやかし、と言えばいいか？　しかし、悪さはしない。危害を加えなければ、な」

「……」

つまり無害なあやかしではあるものの、こちらの出方次第では態度を変える、ということだろうか。もちろん崇人には小雁に危害を加えるつもりなどなかったけれど、相手はあやかしだ。崇人のどういう態度が小雁にとっての『危害』となるか、知れたものではない。

秋永は、小雁の頭を撫でている。小雁は目を細め、その視線を崇人に向けた。

「それよりも、だ。よく来たな、崇人」

崇人の驚きはまだ萎《な》えてはいなかったけれど、秋永にとっては小雁の存在など今さらなのだろう。いつもそうしているのだろう、と思わせる手つきで彼を撫でながら、そう言う。

「……お文を、いただきましたもので」

「そうだ。おまえは来てくれると思ったぞ」

宮直々の誘いを、誰が断ることができるというのだろう。それも、崇人にとって秋永はただ尊き存在というだけではない。思わず崇人は己の唇に指を走らせ、秋永は目を細めた。

「私たちの逢瀬《おうせ》には、このような月の夜がふさわしかろう?」

「逢瀬……」

楽しげに言う秋永に、崇人は眉をひそめる。それではまるで、男女の睦《むつ》みごとのようではないか。そんな崇人を見て、秋永は笑う。重なるのは、小雁の笑い声だ。

「私たちは、すでに他人ではなかろう? 互いの蜜の味を知った同士ではないか」

「……な、……」

言うべき言葉を失って、崇人は口をぱくぱくさせる。また響く、ふたりの笑い声。

「お戯れは、およしください……」

「なにが戯れだと? 私は、おまえを戯れの相手とした覚えはないぞ」

「戯れでなければ、なんなのです」

「真実、おまえの美しさに惹かれたとは思わないのか?」

崇人は、顔をしかめて秋永を見やる。宮に対して失礼にならぬ程度に、睨《にら》みつけたつもりだった。しかし秋永には通じていないのか、こたえていないのか。彼は、楽しげな表情を崩さない。

「心から、おまえに惹かれたとは？　私がおまえに心惑わされたとは、思わないのか」

「……信じかねます」

いささか不機嫌な声音で、崇人は言った。

「私は桜見の宴のおり、偶然にお目にかかっただけではありませんか。そのような相手に、心惑わされた、など」

「さて、つれなき想い人に、私はどうやってこの誠を信じてもらえばいいのか」

大袈裟《おおげさ》なため息をつき、秋永は膝の小雁を見やる。小雁は、くるくるとした大きな瞳を主に向けて、そのまま目を崇人に向けると、にやりと笑う。

「なぁ、小雁？　おまえは、このようなもの想いに取り憑かれたことはないか」

「さぁ、わからないなぁ」

ひょい、ひょいとしっぽを振りながら、小雁は言う。

「人間のことは、ぼくにはよくわからないよ。特に、恋とかいうもののことはね」

「しかし、おまえたちも春には恋鳴きに忙しいではないか」

やにわに、秋永は足をほどき立て膝をした。小雁はぴょんと起き上がり、かたわらに膝を揃《そろ》える。

「おまえとて、愛《いと》しい相手のひとりやふたりはいただろう？　いかに口説き落としたのか、私に教えてくれ」

「ふふ」

小雁は気を持たせるような笑い声を洩らし、かたわらの瓶子を取った。秋永は、手にした杯が空であることに気がついたかのようにそれを小雁のほうに向け、小雁は瓶子の中の酒を注ぐ。

こぽこぽといい音がし、妙なる薫りが漂った。それは部屋に広がる崑崙方の薫りと混ざり、うっとりと酔ってしまいそうな心地になる。

注がれた酒を啜《すす》りながら、秋永は目だけで崇人を見た。そのまなざしがあまりに艶やかで、彼の言葉を信じそうになるほどに婀娜っぽくて。崇人は、慌てて視線を逸《そ》らす。

「しかし、おまえがどれほどに私を拒もうと、私たちの縁《えにし》は星見に出ているのだ」

「星見？」

秋永の言葉に、崇人は先ほどよりも深く眉根に皺を刻んだ。そんな崇人の手に、杯を渡したのは小雁だ。えくぼの浮いた小さな手は人間のそのものなのに、その頭には耳が、下半身からはしっぽが生えているのだ。

「そう。私とおまえの生まれ日は、重なっている。司命星の輝く夜に生まれた者……こうやって出会うことも、情を交わすことも約束されたことなのだ。おまえは、私に従う運命なのだ」

それは、星読みをする陰陽師ゆえの言葉だろうか。その高慢にも聞こえる言葉に、崇人はいささかむっとした。自分の知らないところで自分の宿世《すくせ》が決まっているなど、面白いことではない。

「……しかし、私はおそばにあって釣り合うような者ではございません」

手にした杯に、酒が注がれる。秋永はそれを顎《あご》で指し示し、少し迷った崇人は、ままよと薫り高い酒を呷った。

「女人《にょにん》のように、お世話をすることができるわけでもありませんし。秋永さまが私をお求めになるのは、いささか早計ではないかと」

「ほう、私の星見を疑うと？」

そういうわけでは、と崇人は口ごもる。秋永は、声を上げて笑った。

「それに、星見に頼るまでもない。私とおまえの相性がいいことは、わかっている」

「相性……？」

なんのことか、と崇人は眉根をしかめ、そんな彼に秋永はやはり笑っている。

「鈍なやつめ。私たちは、互いの蜜の味を知った者同士と言ったではないか」

「なっ……」

崇人は、自分の頬がかっと熱くなるのを感じた。顔が赤くなっていないことを祈り、そうなっていてもそれは酒のせいだと誤魔化《ごまか》せないかと杯を傾けた。

「ですから、お戯れは……」

「おまえが望むのなら、ここで今すぐ、抱いてやるぞ?」

冗談には聞こえない口調で、秋永は言った。表情はなおも笑っているとはいえ、崇人は思わずびくりとする。

なるほど、男同士の逢瀬は世に多かれど、崇人にはその経験はなかった。ことさらに女色ばかりを好むというわけでもないけれど、男色を色恋ごとの中心に考えたことはなかったのだ。

それでも、桜の木の下でくちづけられたときから意識せずにはいられなかった、目の前の存在がにわかに色鮮やかに目に映る。あのときの彼の唇の感覚、絡められた舌、啜り上げた蜜の味わいまでが蘇って、崇人はいたたまれずに胸を高鳴らせる。

そんな崇人を、秋永はじっと見ている。楽しげな笑みはその口もとから消えないものの、薄闇の部屋の中、彼の瞳がただ崇人に注がれている。

「おまえは、私のものだ」

大きく、心の臓が鳴る——崇人は杯を持つ手に力を入れた。努めて目をすがめ、感情が表に出ないようにと試みる。そんな崇人の心をいかに読み取っているのか。秋永の口もとから、笑みが消えた。

「おまえの納音《なっちん》は、爐中火《ろちゅうか》。人を信じ沿うことで、おまえの才は生かされる」

秋永は、杯を傾けた。

「その『人』とは、私のことにほかならぬ。素直に事実を受け入れろ。命運に、天命に従え」

ごくり、と崇人は固唾《かたず》を呑んだ。

崇人が腰を上げたのは、子《ね》の刻を過ぎたころだっただろうか。

酒に飲まれた——とはとても思えないのだけれど、口数が少なくなった秋永を前に、崇人は退出の旨を申し出た。秋永は、目だけで崇人を見る。

「帰るのか」

そのまなざしに、彼の不興を買ったのかと恐れた。同時に、そのようなことを懸念するのは秋永に取り入ってこいと言った父母と同じだと気を払い、崇人はことさらに強い口調で言った。

「はい。失礼いたします」

「つまらぬやつめ」

不機嫌に見えるが、その口もとには笑みが浮かんでいるようにも思える。やはり摑みどころのない人物だと崇人は迷い、だからこそこれ以上ここにいては心も体もからめとられてしまうと、立ち上がる。

秋永の上に、崇人の影が落ちる。その闇の中で、彼は唸《うな》るように言った。

「私の機嫌を取って、枕《まくら》を交わすことくらいなんでもなかろうが。気の利かぬ」

「そのようなことは、いたしかねます」

できるだけ淡々と崇人は言ったが、内心は鼓動が秋永に伝わっていないかと焦燥している。どうやらありがたいことに顔には出ていないらしいが、なにしろ相手は陰陽師だ。どのような呪で心を読まれているかわからない。

ふん、と拗《す》ねた子供のようにつぶやき、杯を口に添えた秋永は、やはり目だけを動かして崇人を見る。その唇が月夜にも紅いこと、その柔らかさを知っているからこそ走る動揺に、崇人は身を震う。

「……では」

慌てて、きびすを返した。来たときは舎人に案内された廊をひとりで歩きながら、もうひとつ震えた。

あのまま秋永の前に侍《はべ》っていれば、彼の思うとおりになっていたかもしれない。秋永は怪しげな呪を使って人の心を操るようなことはしないようだが——するとなれば、いつでもそうできるのだろうから——なんといっても相手は、陰陽師なのだ。

(用心に越したことは、ない)

廊を踏む足音が、かすかに響く。牛飼童たちは、おとなしく主の帰りを待っているだろうか。灯明皿に浮かぶ炎が照らす先、歩いてきた人影が崇人に驚いたように脇によけ、廊に膝をつく。舎人のひとりであろうそのかたわらをいささかせわしない足取りで歩きながら、崇人は車宿を目指した。

　廊の角を曲がろうとしたときだ。ふわり、と足もとにまとわりつくものがある。月明かりも灯された灯《あか》りも届かず、なにごとかと崇人は足を止めた。

「な、に……」

　見れば、狐色の小さなかたまり――それが崇人の歩みを邪魔するように絡みつき、目の前に身を翻すと、いきなりぽんと音がした。

「わ、っ」

「秋永さまのお近くを、離れないほうがいいよ」

　目の前にいるのは、小雁だ。にっこりと弧を描く唇は、しかしどこかなにかの企《たくら》みを抱いているようで、油断がならないと思わせる。

「おそばに、いたほうがいいよ。遠くに行かないほうが、いいよ」

「どういうことだ……？」

「秋永さまの匂いが、ついてる」

　くん、と小雁は鼻を鳴らす。その仕草は、確かに彼が狐のあやかしであるということを思わせた。

「都中に、広まるよ。秋永さまのお気に入りだと、皆に知られるよ」

「だからといって、なにが……」

くすくすと笑うと、現れたときと同じように小雁は闇の中に消えてしまう。まるで溶けたようになくなった姿に戸惑《とまど》って、崇人は思わずたたらを踏んだ。

（なにか、まずいことでも起こるというのか？）

たとえば、両親のように権力におもねる者。崇人が秋永と近しいと思い、すり寄ってくる者。そのような者が現れることを懸念しての言葉だったのか。

それはそれで鬱陶《うっとう》しいことではあろうが、しかし小雁が、もしくは小雁を寄越した秋永が憂えるほどのことだろうか。事実として崇人はただ一夜、邸に呼ばれただけの間柄であり、そのことは誤解する者にもすぐ知れることだろうに。

ざざ、と大きく風が吹いた。それは崇人の直衣の裾を揺らし、つられるように崇人は視線を薄闇に包まれた庭園へと向ける。

「……あ」

桜の花びらが、舞っている——それは、大路で吹き上がる薄紅に包まれて視界を奪われた奇妙な体験を思い出させ、ことはすでに起こっているのではないかと崇人は思った。それともそれよりも前——秋永に出会った、あの日から。

崇人の運命は、惑わされた——否、待っているのは自分自身思いもしなかった宿世で、それを導くのが秋永という人物なのなら。

（なにかが、起こる）

崇人は、身を震わせる。自分には未来を読むような力はないが、それでも空気がざわめいているのがわかる。意識してしまうとそれはぴりぴりと肌を刺すようで、またの身震いが全身を貫く。

（……星が、まわる）

春の夜が、深くなろうとしていた。

第二章　──束縛──

東の空に昇る陽が、地を照らす。

崇人は常どおり、馬を駆り大内裏の皇嘉門《こうか》をくぐった。厩《うまや》に馬を預け、省の棟に向かって歩き始める。同じように勤めに現れた者たちが行き交う中、眩しい朝日に崇人は目をすがめた。

それは、人々の波が途切れた狭間《はざま》。背高く茂った前栽の脇を通りかかったときだった。崇人は、いきなり袖を引かれて振り返った。

「え?」

誰かに呼ばれたと思ったのに、袖を引く力は強く、崇人は前栽の中に引きずり込まれてしまう。細い枝に頬を引っかかれ、しかし痛みに声を上げる余裕もなく、素早く目と口に布をかけられる。口には、猿轡《さるぐつわ》を噛まされた。

「な、……っ……」

悲鳴は、布の中に吸い込まれた。続いて腕も後ろ手に縛られ、足にも布を巻きつけられてまったく身動きできなくなってしまったのだ。

「この者で、間違いないのだろうな？」

声が聞こえる。重なっていくつもの返事があった。崇人を襲った何者たちかが、抑えた口調で話し合っている。

「ああ。八の宮さまのお気に入りになったというではないか」

「いなくなれば、八の宮さまは悲しまれるだろうな……」

「悲しむだけで、済めばいいが」

（この、声……！）

その言葉も不穏ではあったが、なによりも聞いたことのあるそれらの声に、崇人は息を呑んだ。

今の宮廷は、主に二派にわかれている。後宮にて太政大臣が梅壺に、右大臣が弘徽殿にとそれぞれの娘を帝に差し上げて妍《けん》を競っている中、殿上人たちはおおむねいずれかの派に寄っている。先日左大臣が急な病を得て亡くなり、空いたその座に進もうとする右大臣と、そうはさせじの太政大臣が、反目しているのだ。

もちろん崇人のように旗幟《きし》を鮮明にせよと迫られない者たちもあるが、特に尊い身分にある者たちはその権力争いに無関係であるというわけにはいかない。

ましてや太政大臣が陰陽家を配下に置いているとなると、そこに属する陰陽師はますます重要な存在だ。皇子であり陰陽師でもある秋永が、その争いに関係がないとはどうあっても考えにくい。

「お気に入りのこいつが八の宮さまのもとから消えれば、宮はどのように思われるかな?」

声の主は、その中でも特に右大臣におもねる一派の者たちだ。身分はたいして高くはないが、それだけに右大臣に近づこうとさまざまな策を練っていることを、同じ民部省に身を置く崇人は、知りたくなくとも知っていた。

(八の宮さま、だと? 私がいなくなれば、秋永さまが悲しむ……など、と……)

あらゆる感覚をふさがれ、もがく崇人は考えた。

どうやら右大臣派であるこの者たちは、秋永に害をなそうとしているらしい。ということは秋永はやはり右大臣派に憎まれる――右大臣に反する派閥に属していることになる。

(秋永さまは、太政大臣派……)

崇人の脳裏をよぎったのは、昨今都を襲う物の怪の怪異だ。それは秋永が陰陽師であることから引きずられた連想で、同時に蘇った噂がある。ぴたりと合った貝合わせの正解のようなひらめきが、崇人の脳裏を走った。

(やはり……あの噂は、本当なのか。太政大臣が……陰陽寮を手中にし、右大臣失脚のために動いていると……)

苦しい息の中、引きずられながら崇人は固唾を呑む。

（太政大臣派の中に……秋永さまも、いらっしゃる……）

右大臣失脚のために都の和を乱すなど、その行為は帝にたてつくことだ。秋永は皇子でありながら、父たる帝に反する者ということになる。

（あの方が？　そのようなお考えのもとに動いていると？）

秋永の顔が、脳裏に浮かぶ。目を細め、杯を手に楽しげな笑みを浮かべている表情。あの飄々《ひょうひょう》とした人物が、宮廷の権力争いに関わっているなどとは考えにくかった。しかし彼が陰陽師であるということが、その裏づけを強くしている。

このような状況でうまく考えがまとめられない中ではあるが、自分に危害を加えようとしている者たちが口にした秋永の名前は、深く崇人の心に突き刺さっていた。

（太政大臣につき、その呪の技を、都の怪のために使っていると……？）

そのようには思いたくなかった。しかし崇人が秋永と言葉を交わしたのは、ほんの数回。秋永が真実どのような人物であるか崇人は知らないのであり、俗世の欲になど縁のないような顔をしておきながら実のところ帝に害なす悪逆を企む人間であってもおかしくはないのだ。

「う……ぐ、っ……」

縛られた手を強く引かれて、崇人は呻《うめ》きを上げる。地面を引きずられて転んでしまう。

今は朝、たくさんの官人たちが行き交う時間だろうに、誰も崇人の身に起きていることに気がつかないのか。人々の声も遠い中、崇人は人の通らない場所を引きずられているのか。

こぉん、と――高い一声が聞こえた。

「な、なんだ!?」

「狐!?」

崇人をとらえた暴漢が、声を上げる。狐の声は再び聞こえ、驚いたらしい暴漢たちが崇人をとらえた布を手放し、逃げ去っていくのを感じる。

(なにごとだ……?)

取り残された崇人は、縛られたまま地面に転がされている。その手、足、やがては目と口を拘束していた布が、かりかりと噛み切られた。自由を取り戻して、崇人はほっと息をつく。

崇人は、はっと顔を上げてあたりを見まわした。ここは大内裏の隅、雅楽寮の生け垣の内。見上げれば、自分が廊の下にいるということがわかる。

「だから、秋永さまのおそばにいろって言ったんだよ」

「……小雁?」

目の前にしゃがみ込んでいるのは、小雁だ。白の水干姿で、土にまみれた崇人をじっと見つめている。

崇人は、唖然と小雁を見やった。猿轡を噛まされた口の端がひりひりと痛むが、それよりも小雁がここにいる不思議に驚いている。

小雁は、にこりと笑った。少年らしい、かわいらしい笑み。それでいて、主人の秋永を思わせるようなどこか人を食った笑い。

「こんな目にまた遭いたくなかったら、ついておいで」

言って、小雁はぽんと立ち上がる。彼につられて、崇人も立った。まとった束帯は土に汚れており、顔も汚れているようだ。頬を擦《こす》ると、小雁がくすくすと笑った。

小雁は、まるで自邸の庭でも歩くように先を行く。目の前で揺れる小雁のしっぽを見ながら歩く崇人は、自分がいつの間にか大内裏から出ていることに気がついた。

(門も、くぐっていないのに？)

振り返り、小雁は崇人に笑みを向ける。彼の茶色い瞳を見つめていると、ぐらりとあたりが波打ったような気がした。思わずよろけ、慌てて足を踏みしめ体勢を立て直すと同時に、視界が揺れる。

目を擦ると、そこはいつか見た寝殿の前だ。

「あ、っ……？」

目の前には、高欄がある。見上げると廊には知り人の姿があって、彼は高欄に腕をかけて崇人を見下ろしていた。

「たいそうな目に遭ったようだな」

「秋永、さま……」

いったい、どのような方法でここまでやってきたのか。大内裏から二条までの路を、まさに狐にたぶらかされてやってきたのだ。その小雁はいつの間にやら秋永の隣に陣取り、楽しげに笑いながら崇人を見ている。

「なにがあったか……ご存じなのですか」

「おまえの束帯が汚れている理由を、考える必要はないくらいにはな」

崇人は、慌てて束帯をぱたぱたとはたく。しかしあれほどに引きまわされたのだ、見えない部分も土に汚れてしまっているだろう。

どういう手によってここに来ることになったにせよ、身分高き相手の前に出る格好ではない。崇人は慌て、そんな彼をふたりがくすくすと笑いながら見ている。

「まぁ、そう慌てるな。落ち着いて、汚れを清めろ」

背後に、人の気配を感じて振り返った。そこには桶《おけ》を持った女童がいて、にこにこしながら崇人を見ている。

「どうぞ、こちらの布でお清めあそばして」

女童が、桶の中に浸してあった布で顔を拭《ふ》いてくれる。気づけば新たな女童がいて、そちらは束帯を拭《ぬぐ》ってくれている。また現れた別の女童は、崇人の背を。

庭先で、どこから現れたのかもわからない何人もの女童たちに囲まれて、崇人はただ戸惑うばかりだ。

「見られるようになったではないか」

その光景を、高欄の上から眺めていた秋永が言った。

「もういい、上がってこい。おまえたち、酒だ」

「はい」

「かしこまりました、秋永さま」

女童たちが、声を揃える。彼女たちはめいめいに散っていったが、その足は動かず、まるで地面の上をすべるようだ。

取り残された崇人は、廊の上を見上げる。秋永に手招きされ、ひとつ息をつくと階に近づいた。廊に座ったままの秋永は、五段の階のたもとに立った崇人を、やはり楽しげな表情で見やっている。

「私を、とらえた……あの者たちは、なんなのですか」

「私を、疎ましく思う者たちだ」

手にした檜扇で、ぱちんと手のひらを叩《たた》いて秋永は言った。

「おまえも、私の側にある者と見なされたらしいな。だから、私のそばにいろと言ったのだ」

「秋永さまのそばに、いろと言ったのに」

秋永の隣で、小雁が唇を尖《とが》らせている。その唇を秋永に檜扇の先でつつかれ、小雁は楽しそうに笑った。そんなふたりを、崇人は眉根をしかめて見やる。

「つまりは、私は太政大臣どのに与《くみ》する者だと判じられた、ということですね」

「まぁ……私はあの男に思うところはないが、右大臣が太政大臣の引き落としを謀っているからな」

なんでもないことのように秋永は言う。崇人は、おやと思った。噂では、太政大臣のほうが政敵の追い落としに熱心であるようだったのに。今の口調では、まるで逆ではないか。

「太政大臣は、特に陰陽道を重んじる者だ。そんな太政大臣に右大臣は反発している。右大臣につく者からすると、私と親しいおまえは太政大臣派。自《おの》ずと、そう考えられるということになろう」

彼の言葉にはともすれば天下を揺るがしかねない大事が含まれていて、崇人は顔を引きつらせる。

「私は……太政大臣どのが陰陽寮を手中に、右大臣どのを追い落とそうとしている、と聞いたのですが」

「それこそが、右大臣の狙《ねら》いよ」

扇で手のひらを叩いた秋永は、言った。

「そうやって、太政大臣を悪評のもとに晒《さら》す……右大臣は、娘の弘徽殿女御への寵が厚いのをいいことに、春宮の一の宮の兄上も太政大臣もその一派も、すべてをひと息に葬ってしまう気なのだ」

そして右大臣の娘、弘徽殿女御腹の二の宮を春宮に立てる。そのほうが、話としてはしっくりとくる。

崇人は、口をつぐんだ。右大臣派か、太政大臣派か。自分がそのようなことに巻き込まれるなど、考えたこともなかったのに。

「……私は、清峰の家の者です」

呻くように、崇人は言った。

「太政大臣どのや、右大臣どの……ましてや、宮の御方が関わるような宮中の力争いなど。遠いことです」

「しかし、おまえは私と出会った」

ぱちん、と檜扇を広げながら、秋永は唇の端を持ち上げる。

「言っただろう？　おまえは、私の言うがままになるしかない。すでに、そういう星見の卦《け》が出ているのだ」

秋永は、舞う蝶《ちょう》の描かれた扇をまた閉じる。ぱちん、ぱちん、と彼は戯れに、扇をもてあそんだ。

「おまえは、私のものだ」

自らの運命を勝手に読まれるなど、面白くない。さらにはいくら相手が貴き身分の者であるとしても、もの扱いされるのはごめんだった。崇人は低い声で言った。

「……私は、私です。宮のものでも、誰のものでもありません」

「秋永と呼べ、と言っているのに」

ぱちん。秋永は扇を閉じると、その先で崇人を差し招く。崇人はしかめた顔をそのままに、しかし不満げなことを言いながらも楽しげな表情の秋永の命令には逆らえず、階に近づいた。それでも進まぬ心が足の動きを促すはずもなく、ためらっていると秋永はせわしなく言った。

「上がってこい。酒の用意をさせている」

「朝から、酒など……」

「なにを、固いことを」

崇人は、むすっとした顔つきのまま沓靴を脱ぎ、階を上がる。縁に座っている秋永の前に立つと、にやにやと楽しげな彼は崇人を見上げた。

「申しつけたのに、遅いな。小雁、行って見てこい」

「はい」

小雁はぽんと立ち上がると、主人と同じくにやにやと笑いながら崇人を見、その脇をすり抜けて廊を駆けていく。

「座れ」

短い命令に、内心の反感を隠して崇人は従った。そんな彼を笑顔で見つめる秋永は、たたんだ扇を差し出すと、くいと崇人の顎をすくう。あおのかされて、崇人の咽喉《のど》もとがあらわになった。

秋永は、じっと崇人を見つめている。凝視する目は細められ、笑みもいつの間にかなりを潜めていた。すがめた瞳は、今までのようなふざけた色を含んではいない。まるで崇人の反らされた咽喉を、そこからつながる首筋を、鎖骨を、束帯の下に隠れた体を透かして見つめているかのようだ。

「……、っ……」

彼は、ただ扇を持っているだけだ。その先端で崇人に触れているだけだ。それなのに、なぜこれほど緊張するのだろう。注がれるまなざしから逃げることなど考えられないくらいに隙間《すきま》なく包まれていて、崇人の心の臓はどくどくと脈打ち始める。その鼓動は痛いほどだ。

秋永は、じっと崇人を見ている。彼の視線が衣を通して触れてくるようで、隠れている肌がぞくぞくと粟立《あわだ》ち始める。

（な、ぜ……）

崇人は、ごくりと息を呑んだ。それは、秋永が陰陽師であるからなのだろうか。崇人の知らない奇妙な呪を使い、崇人を惑わせているのだろうか。彼の呪には衣の上から視線だけで肌に触れてくるというものもあって、いたたまれないくらいに鼓動が高まるのはそのせいだというのか。

「あ、きな……が……さま……」

掠《かす》れた声で、崇人は呻く。絞り出した声を、ふわりと春風が取り巻いていく。その暖かささえ、視線にとらわれ動けない崇人には目に見えない棘《とげ》のように刺さって、肌はますます細かく粟立つ。

見つめてくる秋永の視線は、衣を貫いて肌に沁みとおり体の奥を浸食し始めた。身のうちからの疼きを誘う感覚が湧き起こり、それは腰にたまって耐えがたい熱になった。

「……っ、あ……」

動けない。崇人は廊の上にぺたんと座り込んだまま、秋永を見つめている。その唇は小刻みに震えていて、それでも秋永は扇の先で崇人を上向かせたまま、視線を寄越してくるばかりだ。

どうにかしてほしい。この状態から、解放してほしい。崇人は思わず、腰を揺すった。すると座り込んでいることで折り重なった絹が擦れて音を立て、それはかすかな音であるはずなのに奇妙に大きく耳に届いた。崇人は、びくりと身を跳ねさせてしまう。

ふっ、と秋永が小さな吐息を洩らす。それが肌に直接まとわりついたように感じ、崇人はまた反応した。

「感じているのか？」

「な、……っ……？」

秋永は、艶めかしい声でそう言った。春の風以上にその声音は甘く肌を撫で過ぎて、まるで彼に直接触れられて、愛撫《あいぶ》されているかのような――衣を解かれて素っ裸にされ、秋永に組み敷かれる夢想が脳裏を行き過ぎて、崇人は瞠目《どうもく》した。

（なんという……ことを。私、は……）

しかし、なおも崇人しか見えていないかのように見つめてくる秋永の目からは、離れられない。その瞳は崇人を吸いつける力があるのか、いくら視線を逸らせようとしても首ひとつ動かせない。

すっ、と手が伸びる。秋永が腕を差し出したことにはっとして、崇人は後ろに退いた。扇が、かたんと廊に落ちる。その音を契機としたかのように、秋永が腰を浮かせた。彼は両手を伸ばして崇人の肩を押し、その場に押し倒す。

「や、……あ、……っ……！」

気づけば崇人は、上げられた蔀戸を見上げていた。蔀戸の漆塗りの艶が、目に美しい――思わぬ体勢を取ることになった崇人は、頭の遠いところでそのようなことを考えている。

「崇人」

名を呼ぶ声は、近かった。崑崙方の香りのするそれに誘われるように目をやって、すると薄赤い唇が目に入る。それは、再び腰を疼かせるような声でささやきを洩らす。

「……崇人」

「あ、っ……」

崇人は、思わず息を呑んだ。秋永の声は確かに身に沁みとおり、崇人の身のうちにあるなにかを昂《たか》ぶらせた。心の臓ではない、しかし確かに体の奥でどくりと鳴るものがあり、崇人はごくりと咽喉をひくつかせる。

目を細めて、秋永は崇人を見つめる。そうやって瞳の力で彼を拘束しておきながら、その手は袍の襟もとにかかり、首上《くびかみ》をほどく。

「……い、……や……っ……」

下襲《したがさね》の襟もとをはだけさせた秋永の手が、その中に入り込んでくる。表袴《うえのはかま》の腰紐《こしひも》に指がかかり、結び目をほどく。しっかりと結んであったはずのそれはしゅるりと解けて、ついで下袴の紐も解かれて腰まわりが頼りなくなる。

「おまえは、私のものだと言っただろう」

指をすべらせてきた秋永は、小袖の襟を引っ張ると緩め、首筋に直接触れてくる。ひやりとした温度に崇人は震え、しかしそれは重なった肌の冷たさのゆえばかりではなかった。

「あ、……ぁ……ぅ……」

崇人自身、溢れそうになる熱をもてあましているのだ。身の奥で疼くものの正体に怯え、かっと熱を持って腰を疼かせてくるなにかに戸惑い、それでいて——体を這うものがなんなのか、と淫《みだ》らな好奇心が湧き上がり始めている。知りたくない、と怯える心を、秋永の与えてくれる熱の正体を知りたいと思う気持ちが凌駕《りょうが》し始めている。

「やぁ……っ……、……」

秋永のもうひとつの手は、紐をほどいた袴にかかり、ぐいと引きずり下ろされた。ひやりとした空気が下肢を包む。ぶるりと身震いする体は、上から押さえ込まれる。

「おとなしくしていれば、気持ちよくしてやる」

秋永の、紅い舌が見えた。それはやはり紅い彼の唇を舐め、はっとしてしまう艶めかしさに視線を奪われた崇人の口もとに、くちづけが落ちた。

「ん、……く、……んっ……」

濡れた唇が、重なり合う。息をふさがれて、苦しさに頭がくらりとした。しかし押しつけられる唇が崇人に現実を忘れさせ、ここがどこであるのかも忘れさせ、ただただ触れる体温に溺《おぼ》れさせる。

「……あ……っ、ん……ぅ……」

舐められ、吸われ、貪《むさぼ》られた。くちゅ、くちゅと音を立てて唾液を味わわれ、すると苦しさの中にもぼんやりとし始めて、崇人はますます非現実の世界に突き堕とされる。

「んぁ……っ……、……！」

ぴくん、と崇人の腰が跳ねる。秋永の手が、緩んだ袴の中に入り込んだからだ。彼の大きな手が崇人の下腹部を撫でる。指が肌のきめを確かめるようにうごめき、外気に触れることのない敏感な場所はそれだけの刺激に如実に反応した。

「っう、……ん、っ……」

すべる手は、崇人の秘められた下生えをからめとった。もてあそぶように幾度か引かれ、そんな戯れにも感じてしまう。

秋永の手はすべる。ざり、と下生えを指に絡ませて、その先、隆と勃《た》ったものの根もとに骨張った指が触れる。すっと撫でられただけで、それは先端から透明なしずくをこぼした。

「……ぃ、……っ、う……」

ぶる、と崇人は全身を震わせる。指はあやすようにまとわりついてきて、根もとから幹の中央あたりまでを撫で上げた。

「やだ……っ……、っ……」

頑是ない童のように、崇人は甘えた声を洩らす。手を伸ばし、きっちりと狩衣をまとったままの秋永の肩を摑んだ。指に力を込め、ねだるように彼を揺する。

「こ、んな……、の……い、や……」

その間も、下肢をもてあそぶ指はうごめいている。切れ切れの崇人の声に秋永は目を細め、舌を伸ばすと崇人の目もとをぺろりと拭った。

「いや、だと?」

ことさらに、秋永は指の力を強める。それでも愛撫を受けるのは、欲望の半ばまで。その先から流れ落ちる欲液が彼の指を汚しているはずなのに、まるでそのようなことは感じていないかのように秋永は手を使うのだ。

「では、やめるのがいいか?　このようなことは、おまえの好むところではないというのだな……?」

「や、ぁ、ああっ!」

秋永の指が、ほどける。それを追いかけて崇人の腰は動いた。秋永がにやりと笑うのが目の端に映り、しかし崇人の思考はぼやけていて、彼がなにを含んで笑ったのか理解できない。

「やめ、ないで……く、だ……さ……」

咽喉を喘がせながら、崇人は言った。

「も……、っ……と……」

「よく言えたな」

秋永の手は、先ほどまでの焦《じ》れったさが嘘《うそ》のように動いた。全体に指が絡み、上下に扱《しご》かれる。手のひらが吸いつき、指は琴の弦をかき鳴らすようにすべる。流れ出す淫液はたちまち量を増し、どくっ、と溢れるのが自分でもわかるほどだ。

根もとから先端まで、一気に扱かれた。焦らされて疼いていた欲望が、心の臓と同じようにどくどくと脈打ち始める。

「や、ぁ……っ、ぁ……っ……！」

崇人の腰が、大きく跳ねる。奥深いところが波打った。そして、なにもかもが駆け抜けていく絶頂。崇人の欲望は白濁した蜜と化して弾《はじ》け、彼は大きく息をついた。

「あ……は、……っ、……」

体の中でわだかまっていたものが、抜け出した感覚。崇人の胸は立て続けに大きく上下し、呼気の荒さに思わず咳《せ》き込んでしまうほどだ。

秋永は、手を引き出す。それが白濁に汚れていること、そして秋永がためらいもせずにそれを舐め取ったことに、崇人の目はますます大きく見開かれた。

なおも秋永はぺろぺろと手を舐め上げる。その仕草はまるで猫のようだ、と崇人は見つめ、このいと高き人は猫のような男なのだ、とぼんやりと思う。猫のように気まぐれで、気に入ったものに執着し、そのための欲望を通すことをためらわない。

くすくす、と秋永は笑う。いつもの彼の笑いかたなのに、そこには淫らな色が滲《にじ》んでいて崇人はかっと頬を赤らめた。そんな彼の目もとに、艶めかしい秋永の紅い舌が這う。

「や、ぁ……」

それだけで、高められた肌は粟立つ。再びの刺激をほしがって震えている。目に映る秋永の顔、その背後に広がるのは澄みきった青い空。このような場所で肌を晒す羞恥《しゅうち》が走ったけれど、秋永の瞳は優しく崇人を包んでいる。彼にすべてを任せていれば、いい。その手に身を委ね、快楽を味わっていればいい――。

秋永のもうひとつの手が、下肢をすべった。それは紐のほどけた袴を引き下ろし、重ねた袴は抜き取られてしまう。秋永の手は腿《もも》をすべり膝を撫で、そのまま膝裏をとらえると両脚を曲げさせる。

「や、ぁ……！」

外気に触れることなどない肌をあらわにし、しかも両脚の間を晒されているとは。下腹部は秋永の愛撫によって濡れており、そこに先端をすりつけるように、崇人の欲望は再び勃ち上がっている。

「あ……？」

感じたのは、折り曲げられた下肢の苦しいまでの圧迫。大きく脚を拡《ひろ》げられ、新たな透明のしずくをこぼす崇人の自身に舌が這う。そのまま舌は両脚の間をすべり、双丘の間の秘めた場所、密やかに息づく蕾《つぼみ》に触れる。

「や、ぁ……ああ、あっ！」

崇人は叫んだ。そのような場所に、触れられるなんて。驚きに崇人は目を見開き、そんな彼の動揺には気がついているはずなのに、まるでなんでもないことのように、秋永は堅い蕾に舌先を突き込んだ。そのまま小刻みにうごめかせ、拒む肉の襞《ひだ》を溶かしていく。

「や、め……、っ、あ、やめ、……」

蕾を抉《えぐ》られるのは、最初は驚きと羞恥でしかなかった。しかしそこには、どのような秘密が隠されていたのか。秋永が尖らせた舌をうごめかせ、きつく絞まった襞を蕩《とろ》かせていくごと、崇人の腰の奥には熾火《おきび》が起こり、ぐずぐずと燃え始める。

「やぁ……、っ……、う……」

わずかに身を捩《よじ》るも、そうやって動き、舌の触れる箇所が変わることまでもが新たな快楽を呼び起こす。崇人は、折り曲げられ開いた脚の間に顔を埋《うず》める秋永の肩に手を置き、絹を引き掴んでいる。

秋永は大きく舌を出し、その部分を強く舐め上げる。舌の表皮のざらりとした感覚まで感じ取れるのではないかと思うほどに敏感になったそこは秋永の動きを悦んで、崇人は大きく震えた。

「はぁ……、っ、あ、ああっ！」

内側の肉に、舌がすべる。わずかに剝《む》き出しにされた赤い肉は、外気と濡れた舌の感覚を受けてぴくぴくとうごめいた。そこを、秋永は指先で擦る。指の端をつぷりと埋め込み、堅い場所を緩めるように前後に動かす。

初めての堅い部分とはいえ、舐めほぐされ唾液を沁み込まされたそこは開き始めている。それは秋永の入り込ませた指が、ず、と埋め込まれ、最初の関節ほどまでを受け止めたことで知れた。

「あ、う……っ、……」

襞を伸ばされる、未知の感覚。戸惑いながら、それでいて腰の炎は大きく燃え上がり、崇人はどうしようもなく昂ぶらせられていく。

じゅく、じゅくと音がして、指は少しずつ深くなっていった。異物を呑み込まされることに崇人は震え、しかし舐め慣らされたそこはうごめき始めて、秋永を受け入れている。

崇人は咽喉を鳴らし、呻きを洩らす。しかしそれが、甘い声音をまとっていることは明らかだった。まるで、先をねだるような声。崇人の耳にも、自分の声はまるで恋泣きをする獣のもののように感じられた。

ずくん、と大きな衝撃が走る。指が、根もとまで埋め込まれたのだ。それ以上の先を求めるかのように指は中で小刻みにうごめき、崇人は、耐えがたい声をこぼす。

「そ、こ……、うごかさ、な……っ……」

「熱い、な」

　ささやき声さえもが、凶器のように崇人を攻め立てた。そう言うのと同時に秋永は強く内壁を擦りながら指を抜き、ぬるりとした感覚が上がるのと同じく、ちゅくん、と濡れた音がする。

「この程度で音《ね》を上げていては、繋《つな》がることができないではないか」

「つ、な……が、っ……」

　彼の言葉があまりにもあからさまで、崇人は声を呑んで首を振る。秋永は濡れた痕《あと》にふっと息を吹きかけて、そのまま舌をすべらせると、二本を呑み込ませた蕾のまわりを舐め上げた。肌を粟立たせた呼気は、秋永の笑う吐息だったのかもしれない。

「やぁ、……ああ、ぅ、……っ」

　引き伸ばされた襞は、柔らかな舌の感覚をますます敏感に感じ取った。先ほどまでの丁寧な動きとは裏腹に、秋永は二本をひと息に突き立てると、中で拡げて内壁をほどこうとする。引き抜き、また突き立てて。ぐちゅ、ぐしゅと濡れた音が上がった。

「やぁ、あ……っあ、あ、あっ！」

　いつの間にか、指が増えているように感じる。蕾を押し開く圧迫感は増していて、しかし身を貫くのは挿入の動きのたびに生まれる快感。歯の根までが震え、噛みしめる口もとが危うくなるような淫らな悦び。

「崇人」

秋永は、ささやいた。今まで聞いた中でも、もっとも甘い声。ぞわりと体の芯を這い上る感覚。指をくわえ込んだ部分は崇人の感じたままをそのわななきで秋永に伝え、彼が満足げに笑うのがわかった。

「早く、挿《い》れてやろう」

爪《つめ》の痕を、彼の舌が舐める。ひくん、と反応したそこを思わず食い締めると、ふと頰に唇を落とされてはっとした。

「……あ、っ……」

反射的に首をひねって、目の前の驚くほど近くに秋永の顔があることに気づく。その濡れた黒い瞳に見つめられ、視界からも犯されてしまうように思えた。

ひやり、と触れる温度の低い肌。しかしほぐされた蕾にあてがわれたものは熱く、その温度差に崇人は腰が跳ねるほどに体を震わせた。

「……崇人」

秋永が、低く崇人を呼ぶ。声は、艶めかしさを持ってしたたり落ちるかのようだ。それが崇人をからめとる。蕾に触れたものは、初めての熱さに震える肉を押し開いて、ずくり、と中に挿《はい》ってきた。

「あぁ……ぅ……、っ……」

身を重ねてくる秋永の肩に指をかけ、崇人は力を込める。しかし加わる力は、彼を押し退《の》けたいのか引き寄せたいのか。ずく、ずくと音を立ててそれは崇人に未知の感覚を与え、それをじっくりと味わわせるように、秋永は体を進めていく。

「きつい、な……」

はっ、と熱い吐息とともに、秋永はつぶやいた。

「頑《かたく》なな……。あれほどほぐしてやったのに、まだ私を拒むか」

「そ、な……、つもり、では……ぁ……」

秋永は少し乱暴に腰を揺すり、隘路《あいろ》を突き上げた。襞は拡げられ、敏感なそこは教え込まれた快楽を求めるように、秋永の欲望に絡みつく。

「んぁ、あ……っ、ああ！」

彼自身を中ほどにまで受け挿れ、その強烈な異物感に崇人は喘ぐ。震える唇には、秋永のくちづけが落とされる。吸い上げられて走る痺れと、下肢を拡げられてのわななきをこらえる崇人の声を吸い出そうとするかのように、濡れた音が立った。

「あ、……く……、ぅ……る……」

来る。内壁がうごめき秋永の欲望を包み込んで、熱い肉は引き寄せるようにわなないた。秋永はひゅっと息を呑んで、そして唇の端を持ち上げる。そのまま、一気に腰を突き立ててきた。

「ひぁ、あ……あ、ああっ！」

ずくん、と大きく崇人の身が跳ねた。崇人の双丘に、秋永の下肢の茂みが触れる。それに彼を根もとまで受け挿れたことを知る。それでいてなおも深くを求めて体は震え、どうしようもない焦燥に、崇人は小刻みに声を上げた。

「ああ、あ……っあ、あ！」

「欲張りめ……」

はっ、と熱い吐息をこぼした秋永は、ささやく。

「これほど深く受け入れていながら、なおも求めるか……？　こんなに、悦んで」

「や、ぁ……っ……」

崇人は首を振る。鬢《びん》が頰を叩いた。それさえもがまるで直接敏感な肌に触れられたような刺激になって、崇人は何度も身を震う。

「おや、め、くだ、さ……、ぁ……」

ひくひくと、体の奥が頰張った熱に反応するのを感じながら、崇人は呻いた。

「息もできないようにしてやろうか？　おまえのなにもかもを奪って、おまえが私のことしか考えられないように……」

吸い上げながら、秋永はささやく。彼は大きく下肢を突き、これ以上はないと思った深くを抉られて崇人はくぐもった声を上げる。

「いっそ、この邸に閉じ込めようか？　邸の奥深く、おまえを帳台に繋いで……朝に夕に、私のことしか見ないように」

「あ、ぁ……、っ……」

「おまえをすっかり、私のものにしたい」

重ねた唇越しに、淫猥《いんわい》な口調で秋永は言った。

「おまえのまなざしも声も、すべてを私だけのものにしたい……おまえが、私だけを見るように。おまえの口が、私の名だけを呼ぶように」

「……うぁ、あ……っ……ぅ……」

甘く、彼はささやいた。

「おまえの奥深くを、私で満たしてやる。いっぱいに、溢れるほどに……おまえの中に、注いでやる」

はっ、と熱い吐息が洩れた。それは崇人の敏感な皮膚を擦って、それに反応するように秋永自身が埋め込まれた部分がうごめく。深くまでに突き込まれた欲望が震え、それは音を立てて引き出された。

「は、……ぁ、っ……、……」

ずく、ずくと内壁が擦られる。小刻みに反応する襞を振りきって欲望は引き抜かれ、追いかける崇人の腰が動く。入り口まで抜け出たそれは、きつく締めるその部分を拡げるよ

うにまた力を増し、大きさに喘ぐ崇人の体の奥を犯そうと激しく突き上げてきた。

「あ、ああ、あ、あっ！」

一気に深い場所を抉られて、崇人の咽喉が反る。同時に跳ね上げた腰はふたりの体の間でわだかまる絹に擦られ、すっかり張りつめた崇人自身は限界を迎えようとしている。

「や、ぁ……っあ、ああ、あ……！」

秋永が、なにかをささやいた。しかしそれは、形あるものとして崇人には届かない。ただその吐息が耳を打ち、ぶるりと震えた崇人の身の内に、熱すぎる飛沫《ひまつ》が広がった。

「……あ、あ……っ、ぁ……、っ……」

同時に、腹で擦られている崇人自身も自らを解き放つ。弾け、飛び散った白濁は高価な絹を汚したはずだ。そして秋永の欲望も、崇人の奥深くを火傷《やけど》しそうなほどに染め上げた。

「や……ぁ、あ……、……」

はぁ、はぁとふたりの乱れた呼吸が重なる。崇人は少しだけ目を見開いて、秋永を見た。彼の顔が、ぼやけている。崇人は何度も目をしばたたかせ、すると涙のしずくがこぼれ落ちた。

「あ、き……」

つぶやく唇は、ふさがれる。強く押しつけるくちづけを受け、吸い上げられて崇人は喘いだ。そんな彼の苦しげな声に頓着《とんちゃく》せず、秋永は貪るような長いくちづけを続けた。

「んく……、っ……」

　秋永が身じろぎすると、繋がった部分がぐちゃりと音を立てる。彼の言うとおり、そこは放たれたものですっかり満たされてしまったのだろう。拡げられた入り口から熱いものが洩れこぼれ、双丘を伝って垂れ流れるのが、はっきりとわかった。

「これで……すべて、私のものだな」

　舐め上げるような声で、彼はささやく。

「崇人。おまえは、私のものだ。おまえのすべてに、私の徴をつけた……」

「秋永、さ、ま……」

　束縛の言葉は、甘い枷《かせ》だった。そのように言われて崇人は、おののき恐れるべきなのだ。自分を組み敷く男は陰陽師で、いかなる呪を持っているやも知れないのに。それでも秋永の声は崇人を優しく縛り、それに崇人は溺れた。

「おまえはもう、私から逃れられない」

　春の優しい風が吹く。それはふたりを穏やかに包み、それぞれの吐く激しい呼気を奪い取って舞い流れる。

「この、すべては……私だけのものだ」

　その言葉を、崇人は熱に浮かされたような意識の中で聞いていた。

与えられた袍は、深縹《こきはなだ》だった。

指貫《さしぬき》は濃紫である。直衣姿など、宮たる秋永の前で許される格好ではない。しかし崇人の束帯は汚れてしまって——どうしてなのかを思い出したくない程度には、崇人の意識ははっきりとしていた——とても着ていられる状態ではなかった。

時を見計らったように現れた小雁が、崇人の衣を持っていった。少年が楽しげににやついている理由を考えないようにしながら、崇人は言った。

「私をお召しになった、本当の理由はなんなのです」

高欄にもたれていた秋永は、目だけで崇人を見た。彼は袍も着ず、烏帽子に袴、小袖一枚の姿である。いくら自らの邸だとはいえ、その下の肌を思わせる格好は、どうかと思うのだけれど。しかし目のやり場に困る崇人を面白がっているような様子の彼は、わざとそのようなあり得ない装いをしているのかもしれなかった。

「本当の理由、とは？」

とぼけた調子で、秋永が言った。彼の手の檜扇はたたまれていて、それで高欄をかつかつと叩きながら、彼は崇人を見る。

「宮ともあろうお方が、私をお召しになるなんて。なにか、裏がおありなのではありませんか」

「裏だと？」

秋永が、眉をひそめる。その表情に機嫌を損ねたかと危ぶむが、すぐに崩れた顔つきから、いつもどおりただ祟人をからかってのことに過ぎないと知れた。

「おまえを気に入ったから、ではいけないのか？」

「そのようなお言葉を、私がそうですかと信じるとでも？」

口の端を引きつらせて、祟人は言った。

秋永は、皇子でありながら陰陽師。皇子という一面、陰陽師という一面、どちらが秋永にとって重いのかはわからない。

常識的に考えれば皇子たる地位が重くないはずはないのだけれど、彼は皇子だというのに陰陽師という地位に甘んじている不思議な人物だ。祟人の常識が通じないことは考えるまでもないし、そんな彼が果たしてどういう立場にあるのか。

彼は右大臣こそが太政大臣を追い落とそうと画策していると言ったが、それは本当なのか——当初考えたとおり、秋永こそが畏《おそ》れ多くも帝にたてつく者——陰陽道の不思議な呪を、悪しき道に使う者ではないという保証はないのだ。

秋永が帝に害をなす者であれば、祟人は気を許すわけにはいかない。のんびりと扇をもてあそんでいる秋永を見やり、彼の表情や仕草からなにかを読み取ることはできないかと試みたけれど、目が合うと微笑まれ、細めたまなざしの奥にある面白がるような色からはなにも読み取れなかった。

「おまえを気に入ったから、そばに置きたい」

ぱちん、と扇を閉じながら秋永は言った。

「それではいけないのか？　それとも本当に帳台に縛りつけられなければ、私の本心がわからないとでも言うか？」

「……ですから、お戯れは」

吐息とともに崇人はつぶやき、湧き上がる苛立《いらだ》ちを懸命にこらえた。

「まぁ、そう怒るな」

秋永が、首を傾けてそう言う。さらり、と彼の鬢が頬をすべった。眉をひそめながらも、白い肌を彩る黒髪の艶やかさに視線を奪われる。

ぱたぱた、と足音が聞こえてはっとした。秋永に見とれていた自分に気づき、慌てて渡廊のほうから聞こえてきたそれに目を向けると、瓶子と杯の乗った高坏《たかつき》を運んでくる小雁の姿がある。

「お持ちいたしました」

「待ちかねたぞ」

小雁は、杯を秋永に渡す。慣れた調子で酒を注ぐと、崇人にも杯を渡してきた。

「はい、どうぞ」

また——まだ陽も高いのに、と崇人の眉間の皺は深くなる。そんな彼を見やりながら、秋永はためらう様子もなく杯を干した。

「飲まないの？」

「……いや」

早く飲め、と言わんばかりに小雁はわくわくした目を向けてくる。大きな栗色の瞳がくるくるとしている。困って秋永に視線を向けると彼もまるで同じ表情をしていて、崇人を呆《あき》れさせた。

「そもそも、星見をしたのはな」

ふたりの視線に押され、仕方なく杯を傾けた崇人の耳に入ってきたのは、秋永の声だ。思いのほか強かった酒にくらりとした意識には、風に乗って聞こえた秋永の声が紛れた。

「妹のことがあるからだ」

「妹君……？」

崇人は首を傾げ、それが女二の宮と申し上げる、帝の中の宮のことであることに気がついた。

「ともすれば……女二の宮のことでいらっしゃいますか？　秋永さまと、同母の兄妹であられるという」

「ああ。知っているだろう？　妹は、この都を護《まも》る、封印だ」

ごくり、と崇人は息を呑み下した。

「都の鬼門を、その身で固めている。叡山《えいざん》に住まい、都にはびこる穢《けが》れをその身に受け止める役目を担っている」

それは、都の公然の秘密であった。声高に語られることではない、崇人も噂に聞いただけだ。しかし女二の宮は女でありながら陽の気を持ち、そのあり得ない存在ゆえに陰を陽に、邪を正に変える力を持っているのだという。

「……本当に、おいでになるのですね」

「おまえは、信じていなかったのか？」

秋永は、唇の端を持ち上げる。小雁も、頭の上の耳をぴくんとさせて笑みを作った。

「信じられるはずが、ありません」

いささかむっとして、崇人は答えた。

「女人の御身でありながら……陽の気をお持ちとは」

「誠、我が妹ながら不思議なことよ」

秋永は、ぱちんと扇を開く。

「そのような不思議があるのも、ひとえに我らが祖……母君のお伝えになった、血のゆえだ」

「……梨壺《なしつぼ》の……安倍《あべ》の、御方」

そうだ、というように秋永はうなずいた。崇人は、もうひとつ息を呑む。

秋永が、安倍家の女性《にょしょう》を母としていることは知っている。梨壺女御と申し上げる御方だ。そして安倍家といえば、賀茂《かも》家と並んで陰陽道の主軸を担う家柄であり、その主たる祖とされているのは、没世して四十年以上になる今においてもさまざまな伝説を残す、かの大陰陽師である。

崇人は、じっと秋永を見た。彼の表情には触れがたい真剣さが浮かんでいて、崇人は瞠目する。しかし目が合った彼はいつものにやりとした笑みを見せると言葉を続けた。

「私が陰陽師であるのも、受け継ぎし血のゆえだ。もっとも、我が妹ほどの力はないが」

それにはなんと答えていいものかわからなかったので、崇人は黙っていた。ぱちん、と秋永の扇の音が響く。

「それでも。私は陰陽師として、兄として、妹の力添えになりたいと思っている。そのために、星見をしたのだ」

ぱちん。静かなあたりを、扇の音が破る。その目に光った真摯《しんし》な色に、崇人ははっとする。小雁もいつになく真剣な顔をしておとなしく座っていて、じっと秋永の言葉に聞き入っていた。

冷静に落ち着いた目で、秋永は崇人を見た。その視線に晒されて、崇人は背に走る緊張を覚える。

「右大臣の仕組んだ都の不穏。物の怪が跋扈《ばっこ》し、皆は不安を隠さない。妹もその力を精いっぱい注いではいるが、それでも間に合わないほどに都の穢れがたまっている」

「末の世とはこのことか、と」

崇人への返事は、扇の音だ。

「そう。この状態は異常だ。陰で糸を引く者を、誅伐《ちゅうばつ》しなくてはいけない。しかしそれは一朝一夕にはいかず……」

「糸を、引く者……？」

扇の要が、かつかつと鳴った。秋永の苛立ちを知らしめているかのようだ。その不穏な言葉に、崇人の眉間にも皺が寄った。

「そう。その者は今も、災いをなそうと企んでいる。都をさらなる厄難に陥れようと爪を研いでいる」

「……右大臣どのではないのですか？」

秋永の目の光が鋭くなる。右大臣ではない、その陰にいる者。彼はそれが誰か知っているようだったけれど、尋ねることは憚られた。言忌《こといみ》――その名を口にするだけで、禍々《まがまが》しいことが起こりそうだったから。

（太政大臣どのの配下ではないのか？　陰陽寮の者たちではないのか？）

崇人の思う者たちならば、秋永とは縁深い者ということになろう。しかし秋永の口調はそうではない、憎むべき敵を前にしているかのようだ。その声音のまま、秋永は続けた。

「そのために、星見をした。現れた星は、丙寅《ひのえとら》の爐中火、司命星の輝く夜に生を受けた男子。出会うは丙戌《ひのえいぬ》、如月《きさらぎ》、桜のころ」

どきり、と崇人の胸が跳ねる。秋永はじっと、崇人を見ていた。その視線は痛いほどにひたむきだと感じられる。

「おまえの六十花甲子《ろくじゅっかこうし》、丙は陽の火、寅は陽の木。相生《そうせい》であり、より強い陽の気を持つ」

ざざ、と強い風が吹く。それが秋永の小袖の裾を揺らし、崇人の直衣の裾を揺らした。

「おまえの上に輝く司命星が、私の力となる。我が星により強く沿い、加勢たる沿い星だ」

秋永は、風を遮る力強い声でそう言う。その目は声以上に強い光を放っていて、崇人はそれにからめとられてしまうように感じた。

「桜見の宴の日、会ったな。あのとき、星見の意味を知った。おまえこそが、我が半身。私の、沿い星」

「……丙寅の生まれの男子と、おっしゃいましたが」

喘ぐ声で、崇人は言う。

「なぜ、私なのですか。桜見の宴の日に出会った、司命星を持つ丙寅の男子など……幾人でもおりましょうほどに」

「おまえは、私の感応を疑うのか」

高く鳴った扇の音に、崇人はびくりと背を震わせた。

「私の星見を疑うのか？」

「そういうわけでは……、ですが」

言葉を濁らせた崇人は、秋永が腰を上げたのにびくりとした。彼は姫君のように膝行《しっこう》し、小袖を引きずって崇人に近づく。そして、あとわずかに顔を寄せればくちづけができるほどの位置に近づくと、甘い声でささやいた。

「この私が、おまえだと気がついたのだ。おまえだと知ったのだ。口は挟ませぬ」

「……秋永さま」

ひくり、と咽喉が鳴る。ぼやけてしまうくらいに近づいた秋永は、触れるだけのくちづけを残すと、離れた。

「そうだな。ただ定められた星のもと、桜の下で出会ったというだけではない。私がおまえを感じたのは、おまえの、この……」

今度は指先が押しつけられる。くい、と柔らかい部分を押された。

「唇だ。この柔らかさが、おまえの甘さが……私に、あの星見の意味を教えた」

「あまりにも……ふしだらではございませんか」

動揺を悟られないように冷静に言ったつもりだったけれど、秋永にはなにもかもお見通しだろう。できるだけ声が震えないように、崇人は努めた。

「そのようなこと。あまりにも私情を絡ませてはいらっしゃいませんか」

「私がそうだと言うから、そうなのだ。否やはない」

ぴしりと秋永はそう言い、不敵な笑みを浮かべる。崇人は呆れてその顔を見やり、しかし笑みの中にある変わらぬ真摯な色を見て小さくため息をついた。

（このような……物言いをしていらっしゃるけれど）

秋永が太政大臣派ではないのか、帝への叛意を持っているのではないか。当初はそのようなことを考えていた崇人だったけれど、秋永と言葉を交わすごとに疑いは消えていった。ふざけた表情ばかり見せる彼の瞳にある一条の真剣な光が、崇人に彼の真意を信じさせる。

このたび聞かされた、妹姫と協力して都を護るという心は本物だと感じた。太政大臣と右大臣の反目などというものを越えて、都の怪異を憂えている。そのために、崇人まで引き入れて。

大臣同士の争いなど、秋永には些細《ささい》なことであるのかもしれない。彼は皇子としても陰陽師としても、ただひとつの目的に心を向けている。

都を護ることは、帝を守ること。それらは秋永の中でなんの矛盾もなくあって、それは大臣たちの思惑など関係のないことだったのだ。

秋永の大きな目的を前に、恥ずかしくなった。彼は帝を守ろうとし都を憂い、そのために働いている。一方で崇人はそんな秋永を前にしてもなお太政大臣と右大臣の争いなどという些末ごとにとらわれて、秋永の正しい姿が見えていなかった。

「どうした」

扇を鳴らしながら、秋永が問うてくる。崇人は顔を上げて彼を見たけれど、なんと答えていいものかわからなかった。

「……いえ」

崇人はつぶやく。

「やっと、本心をお見せくださったと思いまして」

「私は常に、本心しか見せてはいないぞ？」

秋永はいつもの笑みを浮かべて、扇を鳴らす。その表情は彼に会ってから何度も見せられたものなのに、その奥に宿る真剣さを知った今では、まったく色彩が違って見えた。

「おまえには、誠実に接しているつもりだがな？　偽りなど、述べたことはない」

「……秋永さまは、お戯れが多すぎます」

じっと見つめてくる秋永の視線から逃れようと虚《むな》しい努力をしながら、崇人は言った。

「ご身分にも似合わぬ、その軽口。少し減らされれば、お言葉にも重みが出ましょうほどに」

「身分だと？　私は、ただの陰陽師だぞ」

そんな崇人の視線を追いながら、彼のたしなめたふざけた口調で秋永は言う。

「そのような位低き者がなにを言おうが、重みもなにもないだろう」

「陰陽師でいらっしゃるなら、そのお言葉にはますます大切な意味が宿りましょうに」

努めて冷静に崇人がそう言うと、秋永は笑った。

「まったく、そのとおりだ。おまえは、なかなかに道を理解している」

春の風に、秋永の笑い声が混ざる。明るい声は軽々しくも聞こえるが、彼の心のうちを知った今では、それは逆に本心を隠すための飾りのように思えてくる。

「私には、せいぜい暦を読み、星を見、夢を判じ、呪を操り……鬼を見るくらいの力しかないが」

それだけで充分だ、と崇人は思った。同時に、鬼を見ることができるとはどういうことなのかと恐れが走る。

「我が妹は、気の流れも陰陽の気も、すべて色と形を持って見えるらしいぞ。特別な修行もしていないのに、生まれつきそうらしい。安倍の祖の御方は幼きころから百鬼夜行が見えたというが、女である妹に、その血が濃く出たというのはなかなかに面白い」

秋永は、滔々《とうとう》と妹のことを語った。崇人にとっては鬼が見え、気の流れが見える女性など恐ろしいと思うところだが、安倍の血を持つ者にとってはあたりまえの話なのだろうか。

秋永は恐れるどころか、むしろ楽しげに話している。

「今度、妹に会わせてやろう」

その言葉に、はっとした。秋永は、そんな崇人の表情を楽しげに窺《うかが》う。

「おまえも、もはや我が血筋とは無関係ではないからな。妹も、我が星に沿う者と対面したいと思っているだろう」

「畏れ多いことでございます」

崇人は頭を下げる。そんな彼を、秋永は扇で口もとを隠しながら横目で見やった。

「……おまえが思っているような、美女ではないよ」

「は？」

思わず不作法な声を上げ、崇人は顔を上げた。目が合うと、秋永はちらりと視線を逸らせてしまう。

「期待しても、損なだけだ。女ながらに夢を読み反閇《へんばい》を踏み九字を切って鬼を散らし、女らしいところはひとつもない」

「……はぁ」

いつもは崇人をからかうようににやにやとしている秋永が、どこか拗ねているような物言いをする。崇人は首をひねった。彼がなにを考えているのかとおとなしく座っている小雁に目を移すと、こちらは常よりもいっそう楽しげな笑みを浮かべている。

「秋永さまは、ご心配なんだよ」

けろりとした口調で、小雁は言う。

「崇人が、女二の宮さまにお心を寄せられるのではないかと思ってね」

「ばか……、小雁！」

秋永は扇で小雁の頭をはたこうとし、しかし彼は上手に逃げた。扇が舞って風が起こる。

「下らないことを言うな。よけいなことを……！」

「まったく、下らないことです」

傍目《はため》にはじゃれ合っているようにしか見えないふたりを前に、目をすがめて崇人は言った。

「都の封印たる重き身の姫君に懸想するなど、畏れ多い。そのようなこと、ちらと考えもいたしませんでした」

淡々とそう口にすると、秋永が虚を突かれたように目を見開く。彼に呆れた表情を向けたまま、崇人は言葉を続ける。

「そのようにご心配になるのは、かの姫宮が、秋永さまがおっしゃるような方ではない、実のところはひと目でまいってしまうような魅力的な姫君でいらっしゃるのだと、勘違いいたしますよ」

「お、ま……っ……」

秋永は慌てている。彼のそのような顔を見ることができるとは思わずに、崇人は笑った。くすくすと、声を潜めた笑いだったけれど。

「おまえ、笑うのだな」

「……いけませんか」

笑いを引っ込めて、崇人は呻った。笑い顔など、見せるつもりはなかったのに。秋永が唇の端を持ち上げて微笑むから、にわかに恥ずかしくなってしまう。

「なんだ、笑っていればいいのに」

秋永が、扇の先を崇人の顎に向ける。先ほどのようにあおのかされてくちづけでもされてはたまらないと、崇人は身を捩った。

「おまえのように常に取り澄ましているやつが、そのように笑うとは思わなかったな」

「取り澄ましてなどおりません」

「では、もっと愛想よくしろ。笑え。私を楽しませろ」

「私は、おそば仕えの童ではありません。そのようなことは、勤めにございません」

「口の減らないやつ」

秋永の、行く手を失った扇が空に弧を描く。

「それでも、おまえは私のものだ」

その扇で口もとを隠しながら、秋永は言う。隠れた唇が笑みを描いていることは明らかだ。

「私は、おまえを見つけた。おまえは、私のものだ」

まるで誇らしいことのようにそう言う姿に呆れ、同時に惹かれてやまないとも思う。秋永に会った当初から振りまわされ、思いもかけない運命に巻き込まれ、この先どうなるかと想像もできない境遇にあって。

それでも秋永を恨む気にはなれないのだ。それどころか、この強引な男が崇人をどこに連れていくのか、なにを見せてくれるのか。楽しみにする気持ちさえ浮かんでくる。

「……誠に、勝手でいらっしゃる」

「おまえも、厭《いと》うてはいないくせに？」

秋永の言葉は、どういう意味で紡がれたのか。崇人の脳裏にはとっさに先ほどまでのことが蘇り、自分の頬に朱が走ったことに気がついた。

「秋永さまが、お悪いのです。すべて」

崇人はそう言い捨てて、視線を逸らせた。小雁がくすっと笑う声が聞こえ、ますます居心地が悪くなった。

肌を撫でる風が、冷たくなり始めた。

廊の向こう、御簾の内からは立ち働く者たちの立てる音が聞こえる。もうすぐやってくる夜に備え、灯りの準備をしているのだろう。

「私は、そろそろ」

そう言って、崇人は腰を上げようとする。高欄にもたれかかって杯を傾けていた秋永は、目だけの動きで崇人を追った。

「失礼いたします」

「帰るのか」

「いつまでも、お邪魔はしていられませんから」

崇人が立ち上がると、瓶子を持った小雁がくるりと目を動かした。微笑んだ紅い唇を開いての言葉に、崇人は足を止める。

「帰れないよ」

「……なに？」

「崇人は、帰れないよ。崇人の住まいは、今日からこの二条」

「なにを、言ってる……」

戯れを、と顔をしかめる。秋永はなにも言わずただ目だけを崇人に向けたまま酒を飲んでおり、小雁の楽しそうな様子と相まって崇人の眉間の皺は深くなった。

崇人は、きびすを返そうとした。足を持ち上げようとして、それが床に貼りついたように動かないことに気がつく。

「な、……っ……？」

慌てて、もうひとつの足を上げる。しかしやはり足の裏に膠《にかわ》でもついているかのように動かず、崇人は足を踏み鳴らすようにしようと腰を左右にひねるけれど、その場から動くことはできない。

「なん、だ……、こ、れ……っ……」

小雁は、瓶子をもてあそびながら楽しげに崇人を見ている。秋永は澄ました顔をして酒を飲んでいるが、その目が笑いを含んでいるのは見慣れた崇人にははっきりとわかる。

「……秋永さま」

彼の仕業に違いない。なにがどうなったのか具体的にはわからずとも、秋永がなんらかの手を下したに違いない。この奇妙な出来事には、それ以外の原因が思いつかなかった。

「私を、自由にしてください」

杯を傾けながら、秋永はちろりと崇人を見る。

「なにをなさったのですか……。私を、自由に」

「おまえには、不動の呪をかけた」

こともなげに、秋永は言った。

「おまえの意思で動くことは、叶《かな》わぬ。私が呪を解かねば、朽ち果てるまでそのままだ」

「ばかな……」

朽ち果てるまで、と聞いてぞっとした。実際秋永がそのつもりならば、崇人は文字通りそうなるのだろう。崇人は虚しい努力をするのをやめて、唖然と秋永を見た。

「おまえは、私のものだと言っただろう」

崇人がなんと言うのか楽しむような秋永の視線が、きらりと光る。

「おまえの住まいは、今後、この二条だ。おまえには、西の対を与える」

「そ、んな……、勝手な……！」

「それとも北の対がいいか？　正式に、北の方として遇そうか？」

「西の対で結構です！」

くっ、と秋永が笑い声を立てた。崇人は自分の返事が、秋永の強引な発案を承諾したに等しいと気がついて、かっと頬に朱を走らせた。

「……で、私が是と言わなければ、呪は解いていただけないと？」

「そのような野暮は、したくはないが」

杯を傾けながら、秋永はのんびりとした口調で言った。

「おまえが意地を張るようならば、そうしなくてはならないかもしれぬな。おまえが私に反抗するたびに、不動の呪が働くように仕掛けるのはどうだ？」

「私が、いつ秋永さまに反抗しましたか」

その場に根を張ったかのように足を動かせないまま、拗ねたように崇人は言った。

「私はいつも、秋永さまのおっしゃることに素直ではありませんか」

秋永が、声を立てて笑った。崇人はむっとして、唇をゆがめる。

「そうそう、おまえは素直だ。その素直のまま、私に従っていればいい」

そう言って秋永は、杯を小雁に差し出す。小雁は、心得たように酒を注いだ。

満たされた杯を口もとに掲げながら、秋永はじっと崇人を見ている。まなざしは笑いを含んでいるものの、呪のせいばかりではない、その視線にも力があってこの場に縫いつけられたような感覚に陥った崇人は、ごくりと固唾を呑み下した。

「おまえは、私のものだ」

もう、何度目になるかしれない言葉。秋永の気まぐれとしか取れないそれは、しかしなぜか崇人の身に沁み入って、まるで彼に抱きしめられているかのような錯覚に陥る。子供のようにあやされて、安堵《あんど》する感覚が走る。

それも、秋永の呪だったのかもしれない。強引に連れてこられて、無理やりに抱かれて。それらがあたりまえであるかのように、崇人を「私のものだ」と言って憚らないこの男。そんな彼の一方的な宣告を前に、仕方がないとため息ながらに受け止めてしまう崇人は、もうすっかり秋永の呪に取り込まれてしまっているのかもしれなかった。

「……わかりましたから、呪をお解きください」

嘆息とともに、崇人は言った。

「西の対にでも、どこにでもまいります。ですから……」

「言ったな」

秋永の表情が華やぎ、崇人は目を見開いた。それはいつもの彼が浮かべているものとは違う、まるであどけない童のような、心からの笑みに思えたのだ。

第三章　――蠱惑《こわく》――

頭の中にふうわりと広がっていく光を感じて、崇人は目を覚ました。

手を伸ばして、あたりを探る。しかし手に触れるのは茵《しとね》の感覚ばかり。いつも隣にある体温の低い体がないことに違和感を覚え、崇人はゆっくりと目を開けた。

「……秋永さま？」

返事はない。触れた茵は冷たくて、まるで彼に拒否されてしまったかのような気持ちが湧き上がる。

「秋永さまは、お山においでだよ」

いきなりの声に、ぎくっとして帳の向こうを見る。通して見える影は、小雁のものだ。

「お山……叡山、か？」

「うん」

小雁は、いつからそこにいたのだろう。よもや、崇人が目覚めるのを待っていたわけではなかろう。あたりを見まわすと陽はもう高くて、今はいったいどの刻だろう。

「崇人が、よく寝てるから。起こさずにいてやれって、秋永さまが」

よもや、秋永に後れを取るとは。自分がいつまでも寝穢《いぎたな》く眠っていたことが恥ずかしく、崇人はそろそろと起き上がる。体を包むのはかけられた大袿《おおうちき》だけで、ほかにはなにもまとっていない。

それはいつものことではある。とはいえ隣に秋永の姿がないことで、まるで自分だけが淫らな者であるかのようでますます恥ずかしくなった。

「なにをしに、叡山に？」

「妹君のところだよ」

小雁の口調は、さも当然とでもいうようだった。しかし、いくら眠っていたからといって崇人にひと言もなしだというのが胸に引っかかった。

「妹君が、お呼びになったんだ。いつものお役目だよ」

それは、都の封印であるという秋永の妹の役目のことだろう。具体的なことはわからずとも、彼の職務に関わるなにかが起こったのだということが推測できた。

「いつ、お戻りになるんだ？」

しかし、崇人はなにも聞いていない。そもそも妹が叡山にいることは聞いていても、秋永が自らそこに足を運ばなくてはならないことがあるということを聞いてはいなかった。

「いったんおいでになったら、七曜星の巡りが終わるまでお戻りにならないよ」

「……七曜星」

それは、ずいぶんと長い間だ。それほどに長い留守なのに、崇人になにも言葉を残さなかったということが腹立たしい。

「崇人、起きる？」

「……ああ」

なんとはなしにもどかしい思いを抱えながら、崇人は言った。すると帳がかきわけられて、小雁が入ってきた。裸の崇人を見ても、眉ひとつ動かさない。小雁にとっては慣れたものなのだろうが、崇人はいまだに馴染むことはできなかった。

「はい」

小雁は手際よく、茵のまわりに脱ぎ捨てられた単衣《ひとえ》に袴を取り上げ、崇人に着せかける。こうされるのに慣れていないわけではないのだけれど、それがこのように幼げな童の手によるというのがどうにも慣れない。

「小雁。……おまえは、行かなくていいのか？」

袴の紐を結ぶ手を止めず、小雁は首を傾げた。

「叡山だ。おまえは、秋永さまの従者だろうが。おそばにいなくていいのか？」

「いつもなら、そうするんだけどね」

衣を身にまとい、ほっとする。帳台を出ると女童が角盥《つのだらい》を捧げ持っていて、中に満たされた水は見るからに冷たそうだ。

「でも、このたびは崇人についててやれって、秋永さまが」

「……なぜ?」

袍を着せかけられながら、崇人は眉根を寄せた。小雁が、くるくるとした目で見上げてくる。

「そりゃ、崇人は呪とか、使えないでしょう?」

使えないほうがあたりまえだ。そう言おうとしたのだけれど、小雁の視線があまりにも哀れげで、返事ができなかった。

「崇人は、秋永さまの沿え星なんだもん。いつどんな鬼がやってくるかもしれない、物の怪がかぎつけてくるかもしれない。そのとき、崇人はひとりで身を守れないでしょ?」

「……鬼」

言葉を失い、崇人は身震いをした。そんな彼を楽しげに見やった小雁は、彼の主人のようににやりと笑う。

「都の内に、秋永さまがいらっしゃるなら平気なんだけどね。そうでなくても、お山においでになるときは常ならぬことが起こったとき。秋永さまのお力が、都まで届かないかもしれないからね」

「秋永さまは……、お身の上に、危険なことはないのか?」

渡された布で洗った顔を拭きながら、崇人は言った。

「そのような、大事《おおごと》。いくら、秋永さまが優れた陰陽師でいらっしゃるとしても……」

「心配しても、仕方がないよ」

そうは言いながらも、小雁がしゅんとしてしまったのを崇人は見た。いつも陽気な彼の、そんな表情を見ると懸念が増す。

「それが、秋永さまのお役目だもん。都の封印たる妹君、鬼門に流れ込む穢れを祓うことができる姫宮を、お助けすることが」

小雁が言うのが具体的にどういうことなのかわからなくて、崇人は黙ってしまう。小雁もいつもの明るさにやや陰りの射した表情で崇人の朝の支度を手伝ってくれ、立ち働く女童たちも余計な口はきかない。部屋には、奇妙に重苦しい空気が漂っている。

「こういうことは、たびたびあるのか？」

高坏に載せられた碗《わん》には、赤粥《あかがゆ》が満たされている。よく炊き込まれた小豆の香りがあたりに漂い、しかし秋永を懸念する崇人の心はそのことでいっぱいだ。美味であるはずの粥の味も、よくわからない。

「いつと決まってはいないけれど、姫宮さまのお呼びがあるときは、いつだって。それが、秋永さまのなによりも大事なお役目だもん」

ちょこん、と崇人のかたわらに腰を下ろした小雁が、さもあたりまえのことであるかのように言った。崇人の胸に、ふと違和感が兆す。

「崇人？」

そんな崇人の心中を、いち早く読み取ったのは、小雁が人ならぬ存在だからだろうか。彼は首を傾げ、すると総角の裾髪がふわりと揺れる。

「……いや、なんでも」

なんとはなしに、むっとした思いが湧き上がる。眉根を寄せた崇人は、懸命にその正体を探ろうとした。

「宮は……同母の、ご兄妹でいらっしゃるのだろう？」

崇人がそう言ったのは、粥を半分ほど食べ終わったときだ。小雁は、大きな目をぱちくりとさせる。

「そうだけど？」

「おふたりとも、梨壺女御……安倍の御方を、御母君としていらっしゃるのだな？」

「うん」

小雁は、なぜ崇人がそのようなことを尋ねるのか不思議であるようだ。

「もちろん、主上の皇子と皇女でいらっしゃって？」

「めったなことを言うね」

彼には珍しく、眉根をしかめて小雁は言う。

「そんな言いぐさ、誰かの耳に入ったら大事だよ」

「いや、もちろん。疑っているわけではないのだけれど……」

崇人は、思わず身をすくめる。畏れ多くも、その血に疑問を持つわけではない。しかし叡山にいるという秋永の妹が、彼と同母の兄妹だということを確認せずにはいられなかった。しかし決して結婚することのできない、父をも母をも同じくする兄妹だということがはっきりしてもなお、胸にはもやもやしたものが溢れている。

「本当に、美女ではあらせられないのか？」

小雁は、訝しむように崇人の顔を覗《のぞ》く。あんまりにもじっと見ているものだから、今度は崇人のほうが訝しいと、首を傾げた。

「さっきから、崇人、おかしいね。どうして、妹姫のことなんて気にするの？」

「どうして……？」

あの、どこまでも飄々とした秋永が。誰かの命令を――たとえそれが帝であっても――聞くなどとは思えない、ただ我が道を行くというような彼が、妹宮の招請には応じるのか。もちろんそれは彼の責務であるからで、そのことは崇人自身も充分理解しているつもりなのだけれど、それでもなお胸にはなにかが燻《くすぶ》り続けている。

「変な崇人」

小雁にあっさりそう言われてしまい、返す言葉がない。居所のなくなった崇人は香り高い赤粥を啜りながら、隣にいつもどおり秋永の姿がないことに、また胸を揺り動かされる。

（まったく……）

今に始まったことではないけれど、秋永には振りまわされてばかりだ。最初に会ったときからそれは始まり、今に至るまで考えも及ばないほど。そして今、彼の不在においても心乱されるなど、秋永は崇人の心まですっかり奪い取ってしまっている。

（このようなことに、なるはずではなかったのに）

悪霊左府の流れを汲《く》む家に生まれ、世間に対しての肩身も狭く、たいした出世も望めずに。崇人の一生は、いち官吏として華々しさなど味わうことなく終わるはずだった。別段それを憂うことなどなく、ただそういう宿世のもとに生まれたのだと、前世の行いが悪かったのだろうと、粛々と日々を生きるだけであったはずなのに。

それが、なんという波が崇人の身の上に降りかかってきたのだろう。一生その姿を仰ぎ見ることなどないはずだった皇子に関わり、あまつさえその邸に対をいただくような身の上、さらには崇人は、その皇子の『沿え星』であるなどと。

「なに、ため息なんかついちゃって」

いつの間にか、嘆息していたらしい。崇人は慌てて小雁を見やり、なんでもないと何度も首を振る。

「秋永さまがいらっしゃらなくて、寂しい？」

「……別に」

　崇人の口調は、拗ねたもののように響いた。自分でもそう聞こえたのだから、小雁にはますますそう耳に届いただろう。彼の頭の上の、大きな狐の耳がぴくぴくと動く。それは愉快なことを聞いたと面白がって跳ねているように感じられたし、小雁の唇にもいつもの笑いが浮かんでいる。

「ふぅん、寂しいんだね」

「だから、違うと……！」

　思わずむきになってしまった。崇人の声は静かな部屋に響き、まわりの女童たちがなにごとかとでもいうように驚いた目を崇人に向けた。

「……違うと、言っているだろうが」

「ふぅん」

　まったく信用していない調子で、小雁は言った。その口には、なおもにやにや笑いが浮かんでいる。

「心配しなくていいよ。秋永さまが崇人のことを忘れるはずがないし、たとえ崇人のほうが待ちきれずに家に帰ってしまったとしても、お戻りになり次第すぐに連れ返しにいらっしゃるよ」

「それはそれで、どうなのか……」

秋永がそこまで崇人に執着するのは、崇人が秋永の読んだ星を持っているからゆえのみなのか。それとも――ひとりの人間として、気に入って？

（どう思っていただきたいのか、私自身わからないのに）

床をともにするとはいっても、そのことを秋永がどう考えているのかはわからない。そうでなくてもいつも崇人をからかうような、とらえどころのない笑みを浮かべている彼だ。ただの気まぐれかもしれない。この西の対も、いつなんどき崇人のものではなくなるかもしれない――そんな、身分高き御方の心次第という自分の身の不安定さを思いながらも、またこれは己の望んだ道ではないのにと思いもする。

（ましてや、秋永さまの真実のお心などわかるはずがない。……わかったからといって、どうなるものでもない）

そう考えながら、粥を口にする。頭の中に押し寄せた考えが、なぜかにわかに悲しいものに思えてきた。崇人は粥の碗を持ち上げて啜ることで、おそらく小雁に見られれば冷やかされるであろう表情を隠そうとした。

□

秋永が二条の邸を空けてから、三日が経った。

すでに民部省に籍のない崇人は、秋永のいない今では出仕の予定もない。ただ庭先に座り、春の花々が揺れるのを見、小雁に面倒を見られることで時間が過ぎていく。

こうなったからには陰陽道の端でも囓《かじ》ろうと、小雁に書物を持ってきてもらった。崇人も陰陽道の支配する世界に生きる者として、馴染みがないわけではない。しかし陰陽師の読む暦に従い夢を判じさせることはあっても、自分が陰陽師の立場に立つとなると事態は違う。

「秋永さまのご専門は、穢れの祓いに退魔、調伏。書物も自然、それらのものばかりになるんだけれど」

幸せなことに、崇人は今まで物の怪などの災いに遭ったことはなく、その祓いのための陰陽師も必要とはしなかった。もちろん、庚申《こうしん》や坎日《かんにち》の忌みは日を守り言忌みを避けるといった常識は守っているけれども、実際に陰陽師の技を目にする機会はなかったのだ。

「もちろん、暦読みも夢占もおできになるけれど。特に穢れ祓いの呪は、都の陰陽師の中でも随一でいらっしゃる。だからこそ、お山に呼ばれるんだ」

「妹宮が、秋永さまが兄君だからとお呼びになるのではないのか……」

かりそめにもふたりの間柄を疑ったうしろめたさから、崇人はやや小さな声でそう言った。簀子《すのこ》の上に広げた書物を覗き込みながら、小雁がうなずく。

「もちろん。姫宮さまは、この道に厳しいお方だ。兄上だろうがなんだろうが、能のない者はおそばにお近づけにもならない。その姫宮さまが、星見で読み取られたのが秋永さまの才なんだ」

「そうなのか……」

まるで自分のことのように誇らしげに言う小雁を前に、崇人はうなずく。書物に目を通しながら、これを読みこなすことができるようになれば、秋永にひとつ近づくことができるかと考えた。

「小雁……」

声がして、顔を上げた。廊の柱から顔を出しているのはこの西の対の女童で、ほかの女童たちは皆肩ほどの尼削《あまそ》ぎであるところ、もう少し長い艶やかな黒髪が印象的な少女だ。

「御客人《おんまろうど》が」

「誰？」

小雁は、首を傾げた。女童は、言いにくそうに口もとをゆがめた。

「それが……」

女童は、小雁を手招きする。ぴょん、と小雁は立ち上がり、女童の脇に立つ。

いつも童らしく明るい小雁の表情が、曇った。彼の顔に走った暗雲に、崇人はどきりとする。崇人の身の凶兆の、前触れのように感じられたからだ。

「なんだ、小雁？」

顔をしかめた小雁に、崇人は尋ねた。小雁の表情が、ますます曇る。

「四の宮さまが、おいでなんだって」

崇人は、目を見開いた。

四の宮とは、文字通り帝の四番目の皇子である。漢詩をよくし管弦をよくし、優れた皇子であるとの噂も高い。崇人は直接会ったことはもちろんないけれど、その母は弘徽殿女御、二の宮と母を同じくし、そして祖父は右大臣である。

「……、……」

右大臣といえば、秋永と出会ったばかりのころ、右大臣派の者に拉致《らち》されそうになったことが蘇ってくる。右大臣にとって四の宮は、同じ弘徽殿女御腹の二の宮の次の手中の珠であり、不本意ながらも太政大臣の側にある崇人とは馴染まないことは明らかだ。そのような人物が邸に訪ねてくるとは。秋永のことが、再びわからなくなってしまう。

「しかし、秋永さまはおられない。宮のおいでをいただいても……」

しかも、先触れのひとつもない訪問だ。皇子ともあろう御方が、いきなり門を叩いたりするだろうか。それとも、前々から秋永との約束があったのか。

「かといって……お帰ししてもいいものなのか……？」

迷う崇人の前、小雁も首を傾げている。その眉根に漂う暗雲は変わらず、四の宮の訪問は歓迎されべからざるもの――四の宮は秋永との友好を温めに来たわけではないということが知れた。

「ぼく、行ってくる」

　小雁はそう言い、崇人は不安な気持ちで彼を見送る。女童が先導し、小雁が消えていくのを見やりながら、崇人は言いしれぬ不安が湧き上がってくるのを感じていた。


遠くから、人々が声を合わせるのが聞こえる。

崇人は、背を伸び上がらせてそちらを見た。釣殿の向こう、やってくるのは一台の腰輿《たごし》だ。三人の随身が守り、六人の力者の担ぐそれは見事な漆塗りの四方輿。力者のひと足ごとに垂れた御簾が揺れる。ひと目でそれが、いと身分高き御方——四の宮の乗りものであるということがわかる。

輿は、崇人が立っている西の対の階の前で止まった。力者たちは恭しく輿を下ろし、随身のひとりが御簾を上げる。沓取が沓靴を置き、そこに白くなめらかそうな足がすべり込んだ。

ふわり、と風が吹いて、降り立った人の衣の裾を揺らした。輿から現れたその人物の姿に、崇人は思わず目を開いて見入ってしまう。

黒。

目に入った第一印象は、それだった。全身をただ一色、黒に染め上げた姿。その色に、崇人は目を奪われ、同時にぞくりとする。

なるほど、墨染めは葬儀の際にばかり使う色ではあるまい。四位以上の殿上人は、内裏で皆黒を着るのである。しかし目の前の四の宮のまとう黒は、この春の庭にあって不吉な色彩であると感じさせた。

驚いたことに、彼はなにもかぶっていなかった。それはあまりにも奇妙な姿であるはずなのに、しかし彼の立ち姿には妙にしっくりときた。さらに奇異なことに彼は髪を結わず、艶のある黒髪が肩に垂れている。

その髪が際立たせるのは、あまりにも白い顔だ。女人のように化粧でもしているのではないかと思ってしまう白さだけれど、決してそうではないことがそのきめからわかる。その頬を艶々とした黒髪が彩り、やんごとない女人もかくやという風情だ。

切れ長の目に、通った鼻筋。薄い唇。たたんだ檜扇を口もとに当て、輿のかたわらに立っている光景は絵に描いたような風情であるのに、崇人にはどうしようもなく不吉であると感じさせる。思わずまたひとつ、ぶるりと身震いをした。

「……あ」

四の宮の姿が、異様である理由。崇人は、それに気がついた。そのまとうのは、僧のような袈裟衣《けさごろも》であったのだ。しかも僧でも瑞雲牡丹《ずいうんぼたん》、楼閣鳳凰《ろうかくほうおう》とさまざまに模様を描かせる衣の上にまとう袈裟も、墨一色だ。

四の宮は、庭に向けていた視線をゆっくりとこちらに向けた。廊に立っている崇人を見やる。その瞳は濡れたような黒で、そのまなざしにとらわれたとたん、射貫かれたような衝撃が走った。

「っ、あ……、っ……」

思わずかたわらの柱に手を添え、体を支える。見つめてくる視線には、鋭く研がれた矢のような力があった。まるで不動の呪でもかけられたかのように、動けない。彼から目を逸らせようと思うのに崇人はその場に釘《くぎ》づけられてしまったも同然で、彼の姿から視線を離すことができない。

そんな崇人を見る四の宮の唇に、ゆるりと微笑が浮かんだ。その笑みは、そうでなくても悪寒にとらわれていた崇人の背筋を寒からしめる。

その姿は、美しい。それは異論のないところではあったが、美しいがゆえの不気味さ、同時に不気味であるがゆえに美しいという、相反する感情を崇人に与えた。

彼は、ゆっくりと歩いてくる。随身たちがそれに従う。四の宮の足が向いているのは崇人のもとで、その黒い瞳は狙った獲物を逃さないとでもいうようにじっとこちらに注がれている。

ことり、と音がして、はっとした。階の下で、四の宮が沓靴を脱いだのだ。彼は足音もなく、ただ衣擦《きぬず》れの音だけをさせて階を上がると、崇人の前に立った。

「……あ、……！」

　あまりにも異様で美しい姿にとらわれてしまっていたが、相手は仮にも皇子なのである。その前に立ち尽くしているのは、礼を失する。

　崇人は慌ててひざまずこうとし、すると体は簡単に動いた。先ほど、不動の呪をかけられたかと懸念したことが嘘のようだ。そんな彼の前、四の宮は鷹揚《おうよう》に檜扇で口もとを押さえている。

「そなたが、崇人か」

　頭上から声がする。その声は、崇人の背に走る悪寒を強くした。よく耳に響く声でありながら、どこか聞く者の身にまとわりつくような――小さな蛇がたくさん、身にたかっているかのような感覚を呼び起こす。

「清峰崇人……。なるほど」

　その、粘ついた声で四の宮は言った。どこか笑いを含んでいる。顔を伏せているからわからないけれど、彼が崇人を見下ろし、検分しているというのが感じられる。

「あれの、沿い星か」

　どきり、とした。四の宮が『あれ』と言うのは、秋永のことに相違ない。しかし秋永の星見のことまで知っているとは、どういうことなのか。

「よい。面《おもて》を上げよ」

「は……」

　戸惑いながら、崇人は顔を上げた。目の前に見えるのは四の宮の墨染めの袈裟衣――白檀香《びゃくだんこう》が、強く薫った。鼻腔《びこう》に忍び込むそれに崇人は、くらりとする。妙なる薫りであるはずなのに、まるで気を失わせる効果でもあるかのように脳裏に沁み込み、簀子についた手が、思わず震えた。

「立て。そなたの顔も、ろくに見られないではないか」

「は、い……」

　足もとがおぼつかない。それでも体中に力を込めて、崇人はよろよろと立ち上がった。床を踏む足には特に力を入れて立ち、同じほどの背丈の四の宮を見る。

　輿から降りた彼を見たとき感じた、美しいという感嘆は彼を目の前にしてますます強くなった。つり上がった目はぬめるような黒で、それにからめとられるような恐怖を感じながらも視線を外せない。

　四の宮は、目を細めて笑った。檜扇で口もとを押さえながらの笑いは、くくくと低く紡がれる。紅い唇から洩れた含み笑いは、崇人の背を、ぞわり、とさせた。

「なかなか、よい面構えをしているではないか」

　彼はそう言い、扇を持つ手を差し伸べる。それは崇人の顎にかかり、くいと上を向かせられた。いつぞやも秋永にこうされたと思いながら、母は違えどやはり兄弟には同じ血が流れているのかと妙な感心をする。

「あれが、陰陽道の心得もない只人《ただびと》を召したと聞いたときには、愚かなことをするものだと思ったものだが……これなら」

なにが、と尋ねたいところだったが、四の宮の放つ威圧に押されて口がきけない。そんな崇人を、四の宮はなおも目を細めて見つめている。

「沿え星であるというのも、うなずけるな。なかなかによい六府《ろくふ》をしている。あれも、星見の腕をあげたと見ゆる」

六府とは、陰陽道の言葉である。人相見のおり、陰陽師はその顔の六府を見る。上下の顎の骨、左右の頬骨、両方の頤骨《おとがい》を差す。

（それでは、四の宮さまは……？）

彼も、陰陽師だとでもいうのか。しかし皇子ふたりもが陰陽師だとは、あまりに奇妙な話ではないか。それとも四の宮は、秋永とはまた種類の違う術者なのだろうか。

「そなた、私に仕えぬか？　そなたのような男を、手もとに置いてみたいと思っていたのだ」

「そのような、こと……」

「それとも、秋永の許しがなければとでも申すか？　あれの許可がなければ、自ら動けぬような腰抜けか？」

崇人の心を逆撫でしようとしているのか。確かにむっとはしたものの、ここで言い返したりしていては四の宮の思う壺だと口をつぐんだ。

「ふん。面白くないな」

「宮……。そのような、戯《ざ》れ言《ごと》をおっしゃっては……」

四の宮から逃れようとはするものの、崇人の足は動かない。先ほどは動いたのに、やはり呪を――なおも見つめてくる四の宮の視線にひやりと背筋が冷えたのを感じたのと同時に、しゃあ、と獣の鳴く声が聞こえた。

「小雁……」

視線だけを動かして見ると、かたわらには小雁がいて、四の宮を威嚇している。頭の上の耳はぴんと立ち、ぶわりと膨れたしっぽは、薄茶の毛がすべてが逆立っていた。小雁は本性そのままに簀子の上に四つん這いになり、咽喉からの呻き声を四の宮に向けている。

「ふん、かわいげのない狐子《きつねご》が」

そんな小雁に、四の宮は眉根を寄せた。四の宮の薄笑い以外の表情が見られたことに少し安堵するものの、小雁はそのような態度を取っていていいものだろうか。罰を受けるようなことにはならないかと、崇人は懸念した。

「案内《あない》せよ。私をいつまでも立たせておくとはなにごとぞ」

崇人の顎下から扇を抜き取り、不機嫌な声で四の宮は言った。その顔は、ますます毛を

逆立てる小雁に向けられている。

「狐の子は、儀礼のほども知らぬのか？　秋永は、よほどによい飼い主と見えるな」

「秋永さまのことを、悪く言うな！」

小雁は素直だ。童の実直さと獣の飾りのない本能が同居していて、それを見せることにてらいもない。それを、羨ましく思った。秋永が小雁をかわいがるのは、こういうところにあるのだろうと崇人は考える。

なおも小雁は、四の宮を警戒している。実際に狐が吠《ほ》え声を上げているような呻き声で、しっぽは先ほどより倍ほどに膨れ上がったかのようだ。

濡れて黒々と光る目と、茶色に輝く大きな目が、ぶつかり合う。

そうやってしばらく威嚇していたものの、四の宮との視線のせめぎ合いは、前者に軍配が上がったようだ。小雁はいくら気丈とはいえまだ童で、狐にしか過ぎなかったのか。

「……どうぞ、こちらへ」

しょぼんとした声で、小雁は言った。子狐に勝っても自慢にもならないだろうが、そのとおり四の宮はなんでもないといった涼しげな顔をして、小雁を先導に廊を行く。崇人は、慌ててそのあとを追った。

四の宮は、南の対の庭に面した母屋に通された。円座《わろうだ》に腰を下ろし、脇息に寄りかかる姿はまるでこの邸の主だ。

しかし四の宮は、八の宮である秋永よりも位が高い。今、秋永が帰ってきても彼は兄に場を譲るのが通例なのであり、そのような自分の立場を十二分に理解しているらしい四の宮は、ここが自分の邸であるかのようにくつろいでいる。

「そこな狐子。酒を持て」

檜扇を広げ、戯れにぱたりと扇ぎながら、四の宮は言った。

「気が利かぬな。秋永は、その程度の躾《しつけ》もなしていないのか？」

小雁は、むっとした顔で四の宮を見た。なにかと秋永を引き合いに出すのは、それが小雁の泣きどころであるからだろう。しばらく小雁は四の宮を睨んでいたが、逆らっても仕方がないと諦めたのか立ち上がり、ぱたぱたと彼の足音が消えていく。

その場には、崇人が残された。四の宮は、鷹揚な仕草でゆっくりと扇を動かしている。その目はやはり崇人の真実を見通そうとするかのようにじっとこちらに注がれていて、崇人は居心地の悪いことこのうえない。

「そなた、生まれは？」

崇人を見つめたまま、四の宮は言う。答えていいものかと崇人は迷うが、黙っているのはあまりにも失礼に当たる。それに、彼がその気になって調べればその程度のことすぐにわかってしまうのだろうと、崇人は諦めた。

「弥生《やよい》の……乙亥《きのとい》の日にございます」

「ほぉ。日座中殺か。並ならぬ星を持っているな」

まるで秋永がそうするように、四の宮は扇をぱちんと鳴らした。兄弟であるから癖まで似るのか、それともいと高き人は皆こうなのかと、崇人は思った。

「して、年は？　秋永よりも……六歳は年若であろう」

そこまで知っているのなら、崇人に尋ねることはないだろうに。しかし扇をもてあそぶ四の宮は崇人の言葉を待っていて、どう答えるかと楽しみにしているような表情に、崇人は嘆息して答えた。

「丙寅の生まれでございます。先の正月で、二十歳になりましてございます」

ぱちり。四の宮は黙ったまま扇を鳴らした。

「なるほど。それゆえ、あれの沿え星だというわけか」

秋永は、星見をしてそのことを知ったという。しかし四の宮は、生まれ日や月、年を聞いただけでそれがわかるというのか。彼は特に、暦読みにばかり優れているのか。それとも、秋永よりも優れた陰陽師だとでもいうのか。

「……宮。畏れながら」

どう切り出すべきかと考えながら、それでも気になって仕方がないことを崇人は口にした。

「四の宮さまは、陰陽師でいらっしゃるのですか？」

「なぜ、そう思う」

　四の宮は、少し機嫌を損ねたような声で答えた。御気色《みけしき》を悪くしてしまったかと崇人は焦燥する。しかしいったん口に出してしまったことは消えず、仕方がなしに言葉を続けた。

「陰陽師が言うようなことばかり、お口になさいますので。私どもは、普段考えぬようなことばかり」

「少しばかり、陰陽道を知っているかどうかと言われると、そのとおりだ」

　ぱちん、と彼の扇の音が響く。

「しかし陰陽師かどうかと問われると、否と答えねばならんな。私は陰陽寮に属してはいないし、その道の師も持たぬ。ただ、ほんの少しばかり知っているだけだ」

　それでは、その墨染めの衣はなんなのか。かぶりものもなく、髪も結わずに流している風体はなんのためなのか。もっとも彼が陰陽師であったとしても、その格好は奇異に違いないのだけれど。

「……ほんの少し、など。ご謙遜《けんそん》をおっしゃいます」

　ふふっ、と四の宮は笑った。その笑いかたは、秋永を思い出させる。そういうところは兄弟なのだな、と思いながら見つめていると、背後からぱたぱたと足音がした。同時にいくつかの衣擦れの音もする。

「四の宮さま、お酒をお持ちいたしました」

「おぉ、待ちかねたぞ」

陰陽師かと問うたときの表情とは裏腹、四の宮は機嫌を直したらしい。酒を好むところも彼の弟に似ている。小雁と何人かの女童が、四の宮の前に高坏を置く。その上にある杯に彼は手を伸ばし、すると女童が酒を注いだ。

「そなたは、飲まぬか？」

「ご遠慮申し上げます」

ここは、秋永の邸だ。いくら西の対を与えられ好きにしてもいいと言われているとはいえ、酒までを飲む身勝手さは憚られた。

「つまらぬやつめ」

やはり秋永と同じようなことを言って、四の宮は立て続けに二杯、酒を干した。ここで少しでも顔が赤くなるようなことがあれば彼にも人間らしいところがあると安堵するところだけれど、赤くなるどころか白湯《さゆ》を飲んだほどの反応も見せない。酒が進むごとに、解き流した黒髪と墨染めの衣に白い顔がますます映えて、冴え冴《さざ》えとしたそのさまは恐ろしいほどだ。

「……四の宮さまは」

彼は、絵巻の中にある麗人よりもなお美しかった。その奇妙な出で立ちさえもがその美麗に色を添えているほどで、崇人は思わず目を逸らせてしまう。あまり見つめていると、ともすれば鬼にも通じそうなその美しさに吸い込まれてしまいそうな気がしたのだ。

「何用ゆえに、こちらまでおいでになったのですか」

「問いばかりだな、そなたは」

つまらなそうに、四の宮は言った。

「少しは、私を楽しませることを言ってみろ。なんなら、笛のひとつでも吹けぬのか」

「申し訳ありません。不調法者でして」

崇人とて、貴族の男のたしなみとして笛くらいは吹けるけれど、今はそういう場合でもなければ、そのような気分でもない。

「……そうだな」

小雁は、不機嫌を隠しもせずにかたわらに侍っている。そんな小雁を煽るように、四の宮は次々に酒を干しては小雁に注がせた。それほどに飲めば酒くさい匂いが漂いそうなものなのに、あたりには四の宮の焚《た》きしめた白檀香が薫るばかりで、彼の飲んでいるのは本当に酒なのかと疑ってしまうほどだ。杯に満たされるのは白く濁った液体で、確かにそれは酒なのだけれど。

「かわいい弟宮の顔を見に来た、と言っても信じはすまい？」

四の宮は、自分のことがよくわかっている、と思った。確かにそのような人並みの理由で、彼が足を動かすとは思えない。たった先ほど会ったばかり、四の宮のことなど話に聞いたことがあるだけの崇人にも、彼が弟に会いに来ただけだと言っても信用できかねた。

そんな崇人の心中を読んだような四の宮は、にやりと笑う。そうすると、彼の怜悧《れいり》な美貌がますます鋭くなった。どのような深窓の姫君も、これほどの艶美は持っていないだろう。

「私が見に来たのは、そなただ。清峰崇人」

彼は、杯を持った手で崇人を差した。どきり、と崇人の胸が大きく鳴る。

「秋永が、この邸に人を住まわせるなど初めてだからな。父帝は、それが女人でないのを嘆いておられたが。なに、子をなすことしか能のない女などよりも、沿え星たる者をそばに置くほうが、どれだけ有益かわからぬ」

そう言って、彼はまた杯を干した。白い杯を口もとに当てたまま、その濡れたような黒い目が崇人を見やる。

「だから私は、そなたを見てみたかったのだよ。崇人」

まるで親しい間柄であるかのように、四の宮は崇人を呼んだ。しかしそうやって呼ばれると、最初に彼の視線を浴びたとき、無数の小さな蛇にたかられているような心持ちがしたことを思い出してしまう。

「あの秋永が、そばに置く者だからな。皇子でありながら陰陽道などに傾倒し、陰陽師ごときの地位を甘んじて受け……あの、雛《ひな》の宮の守護者たらんとする、変わり者」

四の宮に変わり者と言われていれば、世話はないと崇人は思う。確かに秋永は変わり者だけれど、それ以上に崇人の耳に残った言葉があった。

「雛の宮？」

思わず聞き返した崇人に、四の宮はおやという顔をした。眉を上げ、じっと崇人を見る。その視線に晒されて居心地は悪かったけれど、崇人にはもっと気になることがある。

「知らぬのか？　叡山にいる、女二の宮のことではないか」

「あ……、さようでしたか」

今、秋永は女二の宮のもとに行っているのだった。彼女が都の封印で、秋永が陰陽師としての責務のために叡山に行ったのだとすれば、崇人にもまったく無関係なことではない。

「しかし……、なぜ、雛の宮と申し上げるのですか？」

四の宮は、簀子に杯を置いた。それが万事において鷹揚であった彼の仕草としてはあまりに乱暴だったので、崇人は驚いてまばたきをした。

「あれは……いまだ目覚めぬ、大器だ」

彼の口調が、忌々しげに響いたのは気のせいだっただろうか。

「あれは、その身にひとつの宇宙を飼っている」

崇人は、首を傾げた。宇宙とは、聞いたことのある言葉であったようにも思ったし、初めて耳にするものであったようにも感じる。そんな崇人を見て、四の宮は驚くほどに不機嫌な顔をしてまずそうに酒を飲んだ。

「宇とは、四方の果て。広がるすべての天地の限り。宙とは、尽きることなき時間。古《いにしえ》より今、さらには明日、その向こうとの、無限の時」

歌を吟じるように、四の宮は言った。彼の声は聞く者を寒からしめん粘つきを持ってはいたが、同時に耳に心地よくあってもっと聞いていたいと思ってしまう。人が、体に毒だとわかっていながらつい酒を過ごしてしまうようなものか、と崇人は考えた。

簀子に置いた四の宮の杯に、小雁がまた酒を注ぐ。四の宮は、先ほどあれほどにいやそうな顔をしたくせに、その手は満たされた杯を取る。濁った酒で唇を濡らしながら、四の宮は言葉を続けた。

「雛の宮がその気になれば、限りなく連なる森羅、そこに存在するあらゆる万象を、我がものと操ることができる」

崇人は、ぽかんとするしかなかった。いずれにせよ、崇人の日常にはない言葉である。

否、なかった、と言うべきだろうか。崇人がこうやって秋永に関わり合いを持ち、その秋永が雛の宮の守護者だというのなら、崇人にもまったく縁のないことではないのだろうから。

ふわり、と酒の香が鼻を打つ。崇人は、おやと思った。今まで四の宮からは白檀香の薫りしかしなかったのに、彼が今までさんざん飲んでいた酒の香が今になって感じられるとは。

苛立たしげな口調で、四の宮は言った。

「雛の宮が真の開眼を得れば、その力は限りなく世に満ちる。帝がお持ちの霊力どころの騒ぎではない……あれは、三世、東西南北界……衆生の生きる世を統べる力だ」

ごくり、と四の宮が酒を飲み干して、咽喉を鳴らす。

「しかしあれは年若く、いまだ開眼を得ていない。その力が及ぶは、せいぜいがこの都の内。それも、陰陽師の力を借りねばならぬ。まだ目覚めぬ雛ゆえに、雛の宮というのだ」

崇人からすると、女の身で陽の気を持つだの、叡山にて都の封印となっているだの、穢れを一身に受けて祓うだの、それでも充分に人を超えていると思うのだけれど。それで『雛』とは、四の宮の言うとおりの開眼を得れば。雛ではない、成鳥になれば。この世はいったいどうなってしまうのだろう。

「そのような顔をするな」

ふと、機嫌を直した声音で四の宮が言った。

「なにも、今日明日に目覚めるというわけではない。それに、人にとってはよき力ぞ。物の怪も鬼も、あれの真実の力の前ではすべてが吹き飛んでしまうだろうからな」

見れば、先ほどまで何かを憂うような顔をしていた四の宮は、もとどおり機嫌よく酒を飲んでいる。立ち上る酒の香も、再び白檀香のそれに取って代わられていた。

「そなたは心の揺れることなどない鉄面皮かと思いきや、そうでもないようだな。なるほど、見ていて面白い」

　なんと返事をすればいいものかわからなかったので、崇人は黙った。四の宮は、再び杯を簀子に置く。そしてその手で、崇人を招いた。

「こちらへ」

「……は」

　皇子のもとに近づくなど許されるのかと危ぶみながらも、彼がしきりに手招くので仕方がない。その細い、強く握れば折れてしまうのではないかと思うような手も真っ白で、それがゆらゆらと宙を動くさまは、白蛇が舞っているかのようだと思った。

　四の宮の指が届く近くまで、いざる。彼の指は、最初彼が扇の先でそうしたように崇人の顎をとらえ、触れた体温はぞくりとするほど冷たかった。

「……っ、……」

　思わず震える崇人に、四の宮はにやりと唇の端を持ち上げる笑みを向ける。自分の肌の冷たさを崇人がいやがっていることに気づきながら、もっと触れる部分を増やそうとでもいうように指は崇人の顎を伝いすべって、その手は顎全体を包むようにする。

「触れてみるとますますよくわかるな、そなたの持つ吉相が。このような男を沿え星と持った秋永は、誠に幸運だと言わねばなるまい」

「あ、の……」

顎を摑まれて、身動きができない。四の宮はそのまま崇人を引き寄せ、摑まれている部分が部分であるだけに抵抗できずに崇人は四の宮のもとに膝をすべらせた。

四の宮の美貌が、唇が触れ合いそうな近くにある。こうやって間近に見ると、彼の色の白さは白粉《はふに》などではない自然のもので、それだけに鮮やかに艶めかしく目の前にあった。

「……唵《オン》」

四の宮は、ささやいた。彼は崇人の顎を解放すると両手を組み合わせ、小指は曲げて鉤《かぎ》の形に、人差し指と親指を合わせて円を作る。

「唵、麼賀薬乞叉《バカヤキシャ》、縛曰羅婆吒縛《バサラハタバ》、弱吽《ジャウン》、鑁斛《バンコク》、鉢羅吠捨《ハラウエシャ》、吽《ウン》」

「あ、っ……？」

なにが起こったのか。四の宮の声も手の動きも一瞬のことで、崇人は再び顎を摑まれた。その手がますます冷たく感じられて、力が強く感じられて。それは、先ほどの彼の行為と関係があるのか。崇人は目を見開いた。

間近に覗き込まれて、気恥ずかしさが走る。崇人は顔を背けようとするものの、顎を摑む力はその容姿に似合わず強くて、思わず小さな呻きが洩れた。

「私も、そなたがほしい」

甘く、四の宮はささやいた。

「そなたのような、よき男を……私のもとに侍らせて、朝に夕に眺めたいものよ」

「み、や……」

崇人の咽喉から、掠れた声が洩れる。どく、どくと胸が鳴り始めた。

「四の宮さまっ」

ふたりの間に割り込んできた声は、小雁のものだ。身動きができないので目だけでそちらを見ると、小雁がまた耳を尖らせ、しっぽをぶわりと膨らませてこちらを睨んでいる。口からは、小さな牙《きば》が覗いた。

「おお、狐子の恐ろしいこと」

ちっとも恐ろしいなどとは思っていない調子で、四の宮は言った。くすくすと冷やかす口調は、小雁をますます怒らせたようだ。

「しかし、狐子などの出る幕ではないぞ。疾《と》く、去《い》ね」

子猫でも追いやるように、四の宮はしっ、と舌を鳴らす。しかし小雁は、今にも四の宮に飛びかからんばかりだ。崇人は、むしろそちらを気にかけた。皇子に手出しをして、小雁が罰でも受けることになれば大事《おおごと》だ。

「小雁……私は、大丈夫だから……」

別段、なにをされているわけでもない。ただ細い指で顎を摑まれているだけだ。傍目には異様だろうが、崇人は痛くも痒《かゆ》くもない。

そうやって睨みつけてくる小雁から、ふんと視線を離した四の宮は、再びその目を崇人に向ける。濡れた、黒い瞳。それが鏡のようになって、自分の顔が映っているのが見えるほど近くにあって。崇人の鼓動が、より強く打ち始める。

痛くも痒くもないとはいえ、こうやって奥の見えない瞳に見つめられているのは気力に関わってくる。そのまなざしに晒されているだけで、体中の気を吸い取られてしまいそうだ。

思わず、低い息をついた。そんな崇人の心の揺れを見て取ったのか、四の宮は微笑み、ますます顔を近づけてくる。薫る白檀香が崇人を取り巻き、それは心を奪い惑わせる怪しげな香であるかのようだ。

「このまま、連れ帰ろうか？　それとも壺かなにかに閉じ込めて、私だけのものにしてしまおうか？」

「お戯れを……、宮……」

このようなばかげたことを言う人物には、心当たりがある。改めて崇人は、目の前の人物がかの人と同じ血を分けているのだということを実感した。それぞれがそのことを知っているのかどうかは、わからないけれど。

「そなたに触れていると、身の奥の力が漲《みなぎ》るように感じる……」

唇が重なるほど近くに顔を寄せながら、四の宮はささやく。

「ただ、秋永の沿え星だというだけではないのか？　そなた自身、なにやら奇妙な星を持っているな……？　そばにある者の、気を高めるような……？」

「そ、のような……こ、と……」

その吐息さえ冷ややかなのを感じられるくらい近くにあって、崇人はうわずった声を洩らすことしかできない。四の宮の目は、弟のそば仕えの新参者を面白がる色から、崇人自身への興味を孕《はら》んだものへと移っている。

「いいや、感じる。秋永は、なにも言っていなかったのか？」

「伺っておりません……」

首を振ろうとしても、顎を摑む手に遮られてしまう。それほど強い力だとも思えないのに、いったいどのような込めかたをしているのだろうか。

「ますます、そなたをそばに置きたい。そなたが、私の呪を高めてくれるだろうよ」

四の宮の指が動き、崇人の顎の下をくすぐるようにした。すると肌を粟立たせる悪寒が走り、耐えきれず崇人は大きく身を震った。

「私とともに、来い。私の邸に住まえ。私とともにあれば、より面白きものを見聞きできるぞ？」

彼の言う『面白いもの』が、崇人にとっても面白いものであるという気がしない。それどころかそれは見たくないもの、見れば後悔するものであるような予感が強くする。

「どうだ。私は、そなたを退屈させない。この世に生まれ出《い》でた喜びを、存分に味わわせてやる」

四の宮の意味する『喜び』も、やはり崇人と価値を共有しているようには思えない。それは味わってはいけない快楽、人の身で知ってはいけないものであるように感じられる。

「……私は、秋永さまの従者ですので」

喘ぐ声で、崇人は言った。

「秋永さまのお許しなしに、勝手に動くことは認められません。秋永さまの、お言葉がなければ……」

「私より、秋永を取ると申すか？　私は、あれの兄ぞ？　年長者の申しつけることが聞けぬと申すか」

「お許し、くださいませ……」

体と心に精いっぱい気を満ちさせて、崇人は呻いた。少しでも気を抜くと、四の宮に奪われてしまいそうだ。そして彼は、その隙を狙っているに違いない。

四の宮は紅い唇を湿し、しばらく崇人を睨んでいた。彼が美しいからこそその目つきは恐ろしくて、崇人はますます込める力を強くする。

「……ふん」

四の宮は、ぱっと手を離した。いきなり拘束を解かれ、崇人は体の安定を失った。そのまま後ろに倒れ込んでしまい、仰向けになった崇人の上に四の宮がのしかかってくる。濃く、白檀香が薫った。今やその薫りにすっかり取り込まれてしまい、崇人の体にも移ってしまったかのように思える。

薫りにとらわれたまま崇人はもがこうとし、しかしそれほど力があるように思えない四の宮の拘束は、強かった。押さえつけられる四肢をほどくどころか、口も動かせない。声も出せない。

「う、……っ……」

かすかな呻きを上げる崇人を、四の宮は楽しげに見下ろしている。濡れた瞳から、淫らなしずくがしたたり落ちそうだ——そう思ったのは、彼の目の中に今までにはなかった色を感じ取ったからだろうか。

「……あ、っ……」

「四の宮さまっ！」

その場を貫くように響いた声は、小雁のものだ。四の宮に押し倒され動くことのできなかった首は突然、拘束を解かれたようで、崇人は、はっとそちらを見る。

そこにあったのは、常の小雁の姿ではなかった。いたのは、一匹の子狐だ。耳がぴんと立ち、背中からふさふさのしっぽまで毛はすべて逆立ち、大きく裂けたような口からは鋭い牙が覗いている。体が小さいのであまり迫力はないけれど、それは、しゃああ、と威嚇する声を上げて今にも襲いかかってきそうだ。

「小雁……」

崇人は、唖然としてその姿を見る。そしてそんな小雁の体から、薄い靄《もや》のようなものが立ち上っていることに気がついたのだ。

「な、に……？」

その靄の中に、ぼんやりと浮かぶ影。それは毛を逆立てる小雁をふたまわりももっと大きくした、狐の姿と見えた。

特徴的なのはその耳だ。影ながらに徐々にはっきりと目に映り始め、それが小雁のような子狐ではない、立派な成長した狐であることがわかった。

（狐……？）

「……秋永」

呻くように、四の宮が言った。見る間にその影は形を結び、崇人がひとつまばたきをする間に、そこには見知った人影が立っていた。

「兄上」

その影は、秋永だった。烏帽子に白一色の浄衣姿で、しかしその後ろに赤く燃え上がる炎が見えたような気がしたのは、気のせいだっただろうか。

「お離しください。それは、私のものです」

低い声で、秋永は言った。四の宮は、あからさまに眉根を寄せる。しかし崇人を離す気はないらしく、その手はしっかりと崇人の腕を押さえている。崇人も一瞬首をまわすことができた以外は、彼の力に拘束されて動けない。

秋永は、素早く両手を組んだ。中指を立て合わせ、人差し指を鉤の形にし、小指と親指をも立てて合わせると、口早になにごとかを唱える。

「唵《オン》、摩訶羅誐《マカラガ》、縛曰路毖尼沙《バサロヒツニシャ》、縛曰羅薩怛縛《バサララタバ》、弱吽鑁解《ジャクウンバンコク》」

崇人は、はっとした。その言葉とともに、万力のように押さえつけていた四の宮の拘束が解ける。反射的に崇人は、体を捩った。四の宮の体のもとから逃れることができ、素早く身を起こした崇人は、彼の手から離れられたことにほっとする。

「……秋永」

起き上がった四の宮は、目をつり上がらせて秋永を見た。崇人を苛立たせた鷹揚な様子はどこへやら、優雅に杯を傾けていた姿が嘘であったのかと思うほどに、乱れた黒髪の間から秋永に鋭い視線を向けていた。

「小賢《こざか》しい真似を」

「兄上こそ、気まぐれはおよしください」

秋永は組んでいた手をほどくと、崇人に差し出した。それを取った崇人を抱き上げ、肩を摑むと腕の中に閉じ込める。

「なにをしにおいでになったのですか。ここには、兄上のお気に召すようなものはございませんよ」

「なに、そなたが珍しい猫を手に入れたと聞いたのでな。どれほどに珍しい猫か、見てやろうと思うたのよ」

ちらり、と崇人を見やりながら四の宮は言う。まるで崇人になど興味がないかのような、それでいて流れてくる視線は崇人に巻きついてからめとってしまおうとでもいうようで、崇人は思わず秋永の腕に縋《すが》った。

「猫ではなく……、狐、だったやもしれぬがな」

そして、なにがおかしいのかくすくすと笑う。それにまた威嚇の声を上げたのは小雁だったが、人の姿に戻った彼は素っ裸で、かたわらに脱ぎ捨てた水干が落ちている。

「これは、私のものです。私の、沿え星。兄上がお気にかける者ではありません」

「しかし、その者。それだけではない気を持っているではないか」

四の宮は、先ほどまで座っていた円座の上に腰を下ろす。ひとつ息をつくと、先ほどまでの騒ぎなどなかったかのように涼しい顔をしている。髪ひと筋乱れてはいない。

かたわらを見ると、人の姿に戻った小雁が慌てて水干の首上の紐を結んでいた。愛らしいその慌てぶりは、崇人に少しばかり心の余裕をくれる。

しかしこちらをじっと見てくる四の宮のまなざしは、なおも崇人の足をすくませる力を持っていた。崇人は懸命に、動揺を悟られないようにと努める。崇人の肩を抱く秋永の手に、力が込められた。そんなふたりを、四の宮が目をすがめて見やる。

「近くに寄らなければわからないほどに、かすかなものではあるが……その者、私に預けよ。その持つ力、存分に引き出して見せようほどに」

「遠慮申し上げます」

慇懃《いんぎん》なほど、丁寧な口調で秋永は言った。

「これは、私のものであると申し上げたでしょう。兄上の遊びものではございません」

もの扱いされて少々むっとしないではなかったけれど、肩にまわった秋永の力の強さから伝わってくる感覚は、先ほど四の宮に押し伏せられていたときに感じていた不安とは裏腹だった。

崇人は、ほっと安堵の息をつく。肩の手にそっと自分のそれを触れさせると秋永の低い体温が伝わってきて、安堵は増した。

「遊ぶなどとは、人聞きの悪い」

四の宮は、くすくすと笑った。その笑いかたも秋永に似ているのに、今ではその表情にはっきりと禍々しい色を感じることができる。

「我が手で、目覚めさせてやろうというのだ。年若きそなたでは、心許《こころもと》なきほどにな」

「御免被ります」

秋永は、崇人が不安になるほどにきっぱりと四の宮の言葉をはねつけた。

「兄上の気まぐれは、どうぞよそで。私の力及ぶところにてのご冗談は、おやめくださいますように」

四の宮は、いつの間にやら扇を手にしている。それを口もとに当てて、やはりくすくすと笑う。

「そなたも、生意気を言うようになったな」

「私は、ものの理《ことわり》を申し上げているだけ。兄上には、疾くお戻りいただきますように」

あまつさえ秋永は、兄である四の宮に向かって帰れと言うのだ。さすがにそれは許されるのかと案じ、崇人は秋永を見上げる。彼の瞳はまっすぐに四の宮に向けられていて、跳ね返してくるような兄の視線に負けてはいない。

しばらく、睨み合いの応酬があった。崇人はおろおろと、交互にふたりを見やるばかりだ。

「……ふん」

先に声を吐いたのは、四の宮のほうだ。彼はぱらりと扇を広げ、それで口もとを覆いながら目を細めた。

「まぁ、私も暇ではない」

穏やかな口調で、四の宮は言う。

「疾く去ぬれと言われて、とどまっている理由はないな」

しかし穏便な中にも、鋭い棘があることに崇人は気がついた。不安に再び秋永を見ると、彼は油断ならないというように厳しい目で四の宮を見ていて、そのまなざしの強さに崇人はほっとした。

「さて、去ぬるとしようか」

さらり、と墨染めの衣の音とともに、四の宮は立ち上がった。同時にふわりと白檀香が薫ったけれど、それは先ほどのように崇人にまとわりついてはこない。

秋永は、その場にひざまずいた。崇人も慌ててそれに倣う。四の宮はさらさらと鳴る衣の音以外、足音も立てない。それどころか床の上をすべっているかのようで、いったいどうやって歩いているのか重ね重ねも不思議だ。

四の宮が廂の下に出ると、そこには待っていたかのように力者たちの支える輿があった。庭先からは、複数の人々が動く気配などなかったのに。四の宮はさも当然といった顔をして輿に乗り込むと、御簾が下げられる。

秋永は振り返らず、ただ崇人を腕に、輿が上がり去っていくのを身を硬くして待っている。

遠ざかる白檀香がほのかに薫るばかりになったとき、崇人はやっと心からの安堵を覚えて秋永の腕の中に倒れ込んだ。

「おい、崇人」

秋永が、顔を覗き込んでくる。崇人は視線を上げ、秋永の心配そうな顔に、自分がすっかり疲れきっていることに気がついた。

「……疲れました」

素直にそう口にすると、秋永は笑った。秋永の腕は崇人の体をすくい上げ、あ、と思う間もなく崇人は彼に抱き上げられている。

秋永は崇人の体重などものともせずに、几帳の脇を通って寝殿に入り、浜床を乗り越えて帳台に踏み入った。

「お、おやめください……、秋永、さま……」

抱いて運ばれるなど、深窓の姫君でもあるまいに。しかし秋永は崇人の不満を聞かず、そのまま茵の上に崇人を横たえると、先ほど四の宮がそうしたように上にのしかかってきた。

「……あ」

見下ろされて、しかし四の宮に同じことをされたときのような不安はない。胸が高鳴るのは同じだけれど、秋永の視線を受けて感じるのは包まれる優しい安堵。そして同時に、この先なにが起こるのだろうかと揺さぶられる甘い不安。

「兄上には、近づくな」

見上げる秋永の顔には、影が落ちている。それが彼の表情を険しく見せて、崇人は思わず手を伸ばした。

秋永の頬に触れる。彼の体温も低いけれど、四の宮のぞくりとするような冷たさとは違って、崇人を穏やかな気持ちにさせてくれる。

「別に、私から近づいたわけではありません」

「それはそうだが……私の留守に、邸に入れるな。会うな。兄上の、目を見るな」

「……そうできるものなら、そうしたいです」

二度と、あのようなことはごめんだと思う。こうやって秋永を前にしてみると、四の宮の墨染めの異様な姿、粘ついた声に冷たい肌を前にして、よくも耐えられたものだと思う。

崇人は、大きくため息をついた。

「あの方は、なんなのです?」

秋永が、顔を近づけてくる。ふたりの唇が触れ合う寸前に、崇人は問うた。

「陰陽師ではないとおっしゃっておられましたが、私は不動の呪にかけられたように感じました」

そのときのことを思い出して、崇人は身を震わせる。

「それに、あの墨染めの衣……。袈裟まで黒とは。ですが出家していらっしゃるようでもないですし、かぶりものもなく、お髪《ぐし》を流して」

思い起こすだに、不可解だ。おおよそ崇人の理解の範疇《はんちゅう》にいる人物ではなく、胸に浮かぶ感覚は、鬼や物の怪の話を聞いたときのものに似ている――仮にも宮を、そのように言うのはあまりに畏れ多いことだったけれど。

「いったい、どういう御方なのか……」

崇人の言葉に、秋永はため息をつく。しばらく言いよどみ、やがて唇を動かす。

「陰陽師、祈禱《きとう》師。呪禁師、呪師……なんと申し上げればいいのか、私にもわからない」

呻くように、秋永は言った。彼らしくもなく、歯切れが悪い。

「兄上が、ご自分は陰陽師ではないとおっしゃったのは、半分正しくて半分間違っている」

秋永の手が、その頬を這う崇人の手を取る。ぎゅっと手を摑まれて、伝わってくる体温を全身で味わった。

「陰陽道というものが、ひと言では言い表せないように。兄上がお持ちの力も、ひと言では言えないからな。兄上はさまざまな呪法を修していらっしゃるが、特に……茶吉尼天《だきにてん》の法は、己《おの》が身を捧げた、すさまじいものだ」

「茶吉尼天……？」

聞いたことはあるが、馴染みのある言葉ではない。聞き返そうとした崇人の声が聞こえなかったのか、秋永はなおも呻くように言った。

「あの、奇妙なお姿も……そんなご自身の内面を映し出したものだと思う」

崇人は、眉根を寄せた。秋永でさえ理解していない、四の宮という人物。ましてや崇人がその真実を知るよしはない。だからこそ彼の存在はいっそう不気味な影となって、崇人の胸の内に巣くった。

「陰陽師、などという枠には嵌《は》まりたくないと思っておいでなのだろう。さりとて、祈禱僧とも修験者とも言えない。あの方は、あの方という存在なのだ。そう理解するしかあるまい？」

崇人の眉間の皺は、深くなる。ただでさえ今の都は、物の怪や鬼の跳梁《ちょうりょう》跋扈《ばっこ》の不安を抱えているのだ。それは、あのような人物が現れるような世の中であるからなのか。それとも彼があるからこそ都は乱れ、この世ならぬものがはびこるのか。

「……あ」

四の宮が、右大臣を祖父とすることを思い出した。そんな四の宮が、太政大臣と対立する右大臣の側についていてもなんの不思議もない。だからこそ四の宮は、太政大臣が傾倒している陰陽道——陰陽師である弟、秋永の沿え星だという崇人に危害を加えんとして近づいてきたのかもしれない。

それはずいぶんと遠まわしであるとは思うが、しかしあの四の宮の考えることだ。常人には思い及ばない意図があるのかもしれず、そう思うと自分はよくも無事であったと今さらながらにぞっとした。

「兄上のことは、忘れろ」

そんな崇人の思考を読んだように、秋永が言った。はっと目を見開くと、彼は険しい表情をして崇人を見ている。

「考えるな。心に宿すと、それだけで兄上に食われてしまうぞ」

「そ、んな……」

秋永が、唇を落としてくる。崇人は目を閉じて、それに応《こた》えた。

最初は重ねるだけの、淡いくちづけ。次第に深く触れ合って、濡れた部分が吸いつくと体も折り重なって、そうやって互いの体温を交換する。

「う……ん、っ……」

のしかかってくる秋永の体の重みが、愛おしい。秋永の情熱に流された最初のくちづけから、幾度体を重ねてきただろうか。

彼が同性であること、いと高きところにおわす御方であること——そんなわだかまりがすっかり消えたとは言わないけれど、今の崇人はそれよりも、自分を求めてくる秋永の激情に応えたいと思っている。そんな心を言葉にはできないから、せめて行動で示そうとした。

「……ずいぶんと、積極的だな」

驚いたように、それでいて楽しむように秋永は言った。

「この間まで、渋々というようだったのに？　やっと、私の心が通じたか？」

「……渋々がよろしければ、そういたしましょうか」

唇を重ねたまま、にやりと笑って崇人は言った。

「秋永さまは、抵抗されるのがお好きでいらっしゃいますか？　ずいぶんと、おかしな趣味をお持ちですね」

「戯れ言を……」

秋永も、唇の端を持ち上げる。唇を触れ合わせたまま、彼の手が動いた。崇人の頬を撫で、指は首筋をすべり降りる。そのひやりとした温度に、崇人は身を震わせた。

首を撫でた手は、押さえ込むように崇人の肩に置かれる。もうひとつの手が衣を這って、小袖の合わせの中に入り込んでくる。

「っあ……、っ……」

ふっ、と秋永の吐息が洩れた。唇の薄い皮膚をくすぐられ、背に走る悪寒は強くなる。すでに袴の奥の自身が育ち始めていることに気がついた崇人は、頬が熱くなるのを感じた。

「あ……あ、あ……っ」

乳首を転がされ、押しつぶされてつままれる。そこから体中に、感覚が広がった。肌が粟立つ。背筋が震える。下半身が熱を持つ。

ゆっくりと、秋永の手は腰に至った。当帯を解き、重ねた下襲、単衣、袙《あこめ》をかきわけてはだけると、指貫の腰紐に指を絡めてくる。彼はそれをしゅるりと引き、すると結び目はあっけなくほどけた。

「……ん、っ……」

秋永の舌は、崇人の唇を舐め溶かして中に入り込んでくる。手も同様に下袴の紐を解き、重い絹をたぐって脚から引き抜かれると、ひと息に自分の体が頼りなく思えた。

「っ……、あ……っ……」

初めてのことではないとはいえ、快楽の生まれる瞬間は不安だ。特にそれが与えられるものであるからこそ、先が読めなくて崇人は震える。

秋永の舌が、歯列を這う。敏感な神経はぬめった感覚を悦んで受け止め、つま先まで走った怖気《おぞけ》に肌のわななきは大きくなった。崇人は、咽喉を反らして喘ぐ。

それに重なってくるのは、秋永のまとった浄衣だ。真っ白なそれはしっとりとした綾絹で、肌触りがいいには違いないけれど、彼の肌の心地よさには及ばない。

崇人は秋永の腕に縋った手をほどき、彼の首もとに指をすべらせる。自分がそうされたのと同じように首上をほどき、前をはだける。慌ただしく体の線をなぞって腰に触れると下袴の、そして指貫の結び目をほどいた。

「せっかちなやつめ」

くすくすと、秋永が笑う。崇人は甘い不安に揺れているのに、彼ばかりがそのように余裕を見せることが憎らしくて、口を犯す舌をつかまえると歯を立てた。

「……急《せ》くな。満たしてやるから」

低く響く声でそう言うと、秋永は身を起こす。その手は崇人の腕に引っかかっている衣を抜き取り、かたわらに落とす。まとうもののなくなった崇人は、秋永が帳の中で乱れた胸もとをはだけ、肌を見せていくのを見つめている。

秋永は崇人に身を寄せる。触れ合う肌が心地いい。それに思わず息を吐くと、改めて唇が押しつけられる。触れ合ったそこは疼き、全身はくちづけだけではない、もっと深いものがほしいとざわめき始めた。こらえきれなくて、崇人は呻く。

「ん、ぁ……っ……」

「この程度で、そのような声を上げていてもいいのか……？」

彼の手は、崇人の背にまわる。肩甲骨の形をなぞり、背骨のくぼみを辿《たど》ると、肌が粟立つ。秋永の手のひらは、敏感に感じ始めた肌をざらりとさすり、すると走る感覚はますます大きくなった。

「おまえの知らないことを、教えてやろうというのに？　今までにない快楽を与えてやろうというのに？」

「な、に……？」

舌で唇を舐められながら、崇人は呻いた。そんな崇人の反応を楽しむようになおも舌を使いながら、その濡れた部分を刺激するような彼の吐息がかかる。

「今まで、したことのないことをしてやる。おまえが病みつきになって、もっとねだるような、いいことをな」

秋永は顔を伏せた。彼は崇人の右胸に唇を押し当てると、尖りをくわえて吸い上げる。

「や……ぁ、あ、っ！」

今まで幾度も施されてきたとはいえ、突然の愛撫に崇人は悲鳴を上げた。しかしいやがる声音とは裏腹に、体は敏感に反応する。そこはたちまちぴんと尖り、秋永が這わせてきた舌のひらの感覚を悦んでいた。

「っ……あ、あ……あ」

秋永は、腰に指を這わせてきた。彼は浮き出た骨に先を引っかけて力を込め、崇人が下肢を動かす自由を奪ってしまう。

「や……、ぁ……っ……」

そして、すべり落ちた彼の唇が、そっと触れた場所。崇人は大きく目を見開いた。

「あ、き……秋永、さ……ぁ……」

それは、崇人の欲望の先端だ。ぬめる蜜が溢れて垂れ流れる先に秋永は唇で触れてきて、まるでくちづけのようだ。

「い、や……、っ……」

　秋永の髪を絡めた指に力を込めて、崇人は大きく身をのけぞらせた。そのような部分に、口をつけられるなんて。

　しかし裏腹に、体は反応する。敏感なそこは秋永の唇の柔らかさを如実に感じ取り、たくちづけられるだけ、押しつけてくるだけの感覚が鋭く体中を巡る。

　そこからは、たちまちに新たな蜜が溢れた。腰の奥がどくんと音を立て、欲情が高まるのがわかる。

　ひくん、と震えた崇人の腰を、秋永はしっかりと押さえている。わななきに情感を逃がすこともできなくて、崇人は身悶《みもだ》えた。下肢にはもどかしさがわだかまり、そんな崇人を追い立てるように、秋永は今度はもう少し強く、舌を押し当ててくる。

「あ……あ、ああ、っ！」

　秋永は唇を尖らせて、先端の口に吸いついた。じゅくり、と音を立てて蜜を啜られ、まだ足りないとばかりに舐め上げられて、新たな液がこぼれる。

「ここは、これほどに従順なのにな……」

　最初はくちづけるだけだった秋永の動きは、だんだんと大胆になっていく。吸い上げては舌の先端で舐め、また啜っては舌を這わせる。

「おまえの口も、ここほどに素直に語ればいいのに。ほら……舐めてやるだけで、これほどに濡らして」

「だめ……、っあ、……あ、ああっ！」

　彼の舌が、大きく動く。先の膨らんだ部分をひと息に舐め上げ、びくん、と震えたそれを開いた唇に挟み込む。含んで舌をすべらせて、するとそこからはくちゃくちゃと水音がする。

「直接触れてやるだけで、こんなにも反応するとは思わなかったが……」

　くわえたままの声はくぐもって、振動となって体に響いた。秋永は崇人の腰を押さえたままなおもそこを舐め、生まれるしずくを吸い上げる。触れられない幹の部分には、崇人の蜜と秋永の唾液が混じったものが伝い流れて、それにも感じて声が掠れる。

　秋永はさらに舌を使った。それはうごめいて絡みつき、同時に挟み込む唇がすぼめられる。きゅっと力を込めて吸われると、腰の熾火があっという間に大きく燃え上がった。

「や、ぁ……、ぁ……っ……！」

　崇人は、目を見開く。身を貫く稲妻――体中が痺れる感覚。それは腰の奥でどくりと音を立て、崇人の体はつま先までが痙攣《けいれん》する。

「……っあ、あ……っ……、は、……」

　しばらくは、息もできなかった。崇人は、はぁはぁと荒く胸を上下させたまま、開いた目の表面が乾いていくのを遠く感じていた。

「早くないか？　いくら、初めてしてやったとはいえ……」

目だけを動かして秋永を見やると、彼は紅い唇に舌を這わせていた。その舌にわずか、白濁したものが絡んでいるように見えて崇人はひくりと咽喉を鳴らす。それは崇人の放った欲液にほかならず、そのようなものを秋永が舌に絡め、呑み下したのだということがいっそうの羞恥を煽った。

「まぁ、おまえはそういうところがかわいらしいのだけれどな」

秋永は、そんな崇人をなだめるように舌でざらりと先端を、そこから幹に伝って濡れた痕をつけ、奥へと忍び込んでくる。

「……っ、は……、っ……」

秋永の手は腰をすべり落ちて崇人の双丘に添えられ、そのままぐいと下肢を持ち上げられた。腰を浮かせるこの格好は初めてではないものの、何度経験しても慣れるはずがない。

「おまえばかり、いい思いをするのはずるいな……」

そうささやきながら、秋永は舌をすべらせた。敏感に震える蜜嚢の形を辿り、反応して震える崇人の脚を肩にかけてますます大きく開かせる。そのままですでにこの行為に慣らされ期待にわなないている蕾に、そっと触れてきた。

ちゅく、ちゅくと艶めいた音がする。まるで本当に溶かそうとしているかのように隅々にまで動く舌は、しかしその先に踏み込もうとはしない。丁寧に、洩れこぼれる吐息をも

塗り込めようとでもいうように、繊細にうごめく。

「ほら……ここが溶けて、開いてきている」

ちゅく、と吸い上げながら秋永が言った。

「中の、淫らな肉が見えてきているぞ。赤い……石榴《ざくろ》の実のようだな」

「な、に……、を……っ……」

そんなふうに侮る彼を、責めようと思ったのに。しかし声はうまく形にならず、喘ぎに溶けてまた宙に舞う。

「ひくひくと、うごめいているな……早く私を受け止めたくて、震えている」

「い、ぁ……っ……！」

「悦んでいるくせに、偽るな」

器用に舌を動かしながら、秋永はささやく。

「この奥も……私を求めているのだろう？　思っていることを……素直に、言え」

「んや……、っ……ぅ……」

懸命に否定したつもりなのに、洩れた声はまるで甘えるかのようだ。そんな自分が恥ずかしくて、しかし秘めた部分に入り込んできたものに羞恥などは吹き飛んでしまう。

「あ、ああ、あっ！」

秋永がすべり込ませたのは、その指だった。すでに柔らかくほどけているそこは指一本を易々《やすやす》と呑み込み、絡みつく舌をともに受け入れようとうごめいた。

「……っは、あ……っあ、あ！」

指は増え、二本が中で拡がって隘路をほどく。ちゅく、と舌が引き抜かれ、襞を溶かすものの消失に、あ、と思う間もなくまた指が突き込まれた。

「は、……ぅ、あ……っ、っ……！」

まとめた指が、奥にまで入り込んでくる。はっ、と息を吐くと引き抜かれ、呼吸で胸を満たす間もなくまた突かれる。舌の流し込んだ唾液で潤うそこは耳をふさぎたくなるような水音を上げて、秋永の蹂躙を受けていた。

「あ、き……な、っ、……」

じゅくり、と音がして、指が抜け出る。その空虚、そして続くはずの圧迫に、崇人は唇を噛みしめた。

震える蕾にひとつくちづけを落とし、秋永は身を起こす。起き上がった彼の姿は常ならぬ艶に満ちていて、崇人は見とれた。

彼は崇人が乱した髪に手をやって、けだるげにかき上げる。そのさまはますます艶やかで、淫らな空気に満ちた帳台の中にあって奇妙に清廉で。崇人の目は、彼に釘づけられる。

目を細めた彼は、崇人に身を重ねてきた。触れ合う肌はしっとりと汗ばんでいて、それがたまらなく心地いい。崇人は深い息を吐き、その唇に秋永が口を寄せる。

「ん、……っ……」

重ね合うだけのくちづけ。ふたりの唇は吸いつくように触れ合って、引き合うように互いの背に腕をまわして。茵に沈んでいく体、その脳裏にはもう、抱き合う彼のことしかない。

秋永の右の手が、するりと崇人の腰に這う。わななく肌をなだめながらそれは下肢にすべり双丘を押し拡げ、すると蕾はぱくりと開き、そこに熱い欲望が挿り込んでくる。

「うぁ……、っ……あ……！」

ずくり、ずくりとそれは内壁を擦り上げた。うごめき踊っていた指とは違う刺激に崇人は喘ぎ、そんな彼の声を秋永はすべて吸い取ってしまう。それでいて、さらに声を上げるような行為を押し進めるのだ。

悦ぶ襞が絡みつき、彼を誘う。もっととねだる体は蠕動《ぜんどう》して呑み込んだものをたぐり寄せ、そんな自分の反応がはっきりと感じられた。

「……ふ、っ……」

秋永は低く呻き、しかし招かれるがままに腰を突き上げる。太い熱杭《ねっくい》がじゅくりという音とともに襞をふりほどき、中をかき乱した。

身を貫く、大きな衝撃があった。同時に秋永は崇人の最奥を突いていて、その圧迫に目の前が白くなる。稲妻が走ったかのような刺激。つま先までが痙攣する、強烈な感覚。

「……は、ぁ……っ、……う……！」

「く……、っ……」

崇人の唇を、秋永の熱いため息が包む。それに崇人は、自分の秘所が彼の欲望をきつく食い締めていること、同時になにかが重なり合うふたりの腹部を濡らしていることに気づく。

「あ、っ……」

ふたりの肌を貼りつかせるのは、崇人の白濁だ。秋永の攻めに限界まで欲を孕んだ崇人自身は、己の自覚のないままに弾けてしまったらしい。

「愛《う》いやつ……」

彼の声が、かすかに響く。それさえもが感じやすい体には刺激になって、崇人はぶるりと震えた。秋永が、強く抱きしめてくる。そうやって改めて崇人を組み敷くと、彼は大きく腰を突き上げた。

「あ、あ……っ、あ、あ……！」

背が、大きくのけぞる。擦られる内壁。拡げられる襞。繋がった部分は生々しい水音を立てて、耳からも崇人を犯した。そうやって彼は、腕に閉じ込めた男のすべてを支配していることを自覚しているのか否か——なおも下肢を突き立てて、崇人の体を深く抉った。

「や、ぁ、ああ、あ、っ！」

奥を突かれて、息が詰まった。それを吐き出す間もなく擦られ、ひと息に抜き出されると太い部分にくわえ込む蕾を拡げられる。苦しいはずの刺激は蕩けるような快楽となって崇人を追い上げ、再び兆してしまいそうだと思った。

そうやって、いったんは放った体が再び熱く、弾けそうになったのと同じとき。突き上げられた崇人の体にわななくような痺れが走り、高い声が上がったのと同時に秋永が呻く。体内の熱が上がったのがわかった。そして、身の奥に放たれる灼熱《しゃくねつ》。

「ひ、……ぅ、……っ……」

それは体中に広がり、粘ついた快楽となって崇人を包む。淫液を呑む瞬間は慣れなくていつも戸惑うけれど、それが満たされる愉悦と包まれる安堵をくれるから。重なった秋永の逞《たくま》しい体の重みがため息の出るような快感になって、全身を覆うから。

ふと目を開けると、間近で滲んだ彼の瞳が見える。それはじっと崇人に注がれていて、見つめられる照れくささに、ふっとまなざしを逸らしてしまった。

「おまえは、どこもかしこもかわいらしい。瞳も、鼻も、唇も」

そう言って、秋永は崇人の鼻の先をちょんとつついた。崇人は思わず身を引いてしまい、しかし秋永の腕がそれを許してくれない。

「こうやって腕の中に閉じ込めて、どこにも行かせないようにしたい……」

くすくすと笑いながら、秋永はなおも指を伸ばす。鼻から頬に、唇を辿って形をなぞり、何度も優しく押してきた。

「いたずらは、おやめください……」

それでも秋永は、崇人をあやす手を止めない。帳台の中は、いまだ淫らな空気が満ちている。重なった下肢は深く繋がったままで、ふたりの体に擦られる崇人自身は中途半端な欲望をもてあましていて。

それなのに、そのようなことなど忘れてしまっているかのような秋永にからかわれて、崇人はどんな顔をすればいいのだろうか。そんな崇人を前になおも笑いながら、秋永は恋人を構い続けた。

第四章 ――累卵――

え、と崇人は、思わず声を上げた。

「女二の宮さまが？」

ああ、とうなずいたのは秋永だ。ふたりは秋の邸《やしき》の南の対にいて、秋永は高欄に身を寄せかけている。その手には杯《さかずき》があって、瓶子《へいじ》を持った小雁が酒を注いでいる。

その光景を、崇人は柱にもたれかかって見やっていた。秋永の背後には夜が広がっていて、中空には月が浮かんでいる。薄く雲のかかった朧月《おぼろづき》は、雲が流れるのに合わせて濃き薄きと色を変え、そのさまに誘われるあわれは崇人の言葉にかき消された。

「……なぜ、私などに興味をお持ちになるのですか」

「妹の考えなど、私にはわからん」

なぜか少し不機嫌な様子で秋永は言い、小雁の注いだ酒を口にする。

「ただ、あれがなにかを望むということはめったにないのでな。それが、たっての願いだと言うものだから」

「私は、構いませんが」

崇人の手にも、杯がある。厚い雲が流れてきて月を隠してしまったことを惜しみながらも、かたわらには燈台《とうだい》があって、灯明皿の炎が揺れている。庭には篝火《かがりび》が焚《た》かれているし、あたりがすっかり暗くなってしまうことはない。

「叡山に向かうのですか？　私、そちらに行ったことはございませんが……」

「まぁ、たいていの者はそうだろうよ」

杯を傾けながら、秋永は言った。叡山どころか、崇人は都の内からもほとんど出たことがない。せいぜい、元服前に両親とともに初瀬詣《はつせもうで》をしたことがあるくらいだ。

「いつ向かうのですか？　陰陽師《おんみょうじ》に日を見させて……」

そう言って、崇人ははっとする。目の前の秋永こそが陰陽師であることを思い出したのだ。

「そうか、私に日を見ろと」

「いえ、秋永さまにというわけでは……」

慌てる崇人を前に、秋永はにやにやと笑っている。そのかたわらで、小雁もまた主人と同じような笑みを浮かべていた。

「いや、日を選ぶのは大切だな。特に、叡山に行くのだから。よりよい吉日を選ばねば」

「ですから……」

崇人をからかう種を手に入れた秋永は、なおもそのようなことを言う。いかに彼の冷やかしをかわそうかと悩みながらも、崇人は自分を呼んでいるという女二の宮のことに思いを馳《は》せる。

（女人《にょにん》でありながら、陽の気を持ち……都の封印であり、穢《けが》れをその身に受ける……）

言葉を脳裏に並べてみても、とてもその姿は想像できない。秋永の同母の妹なのだから、さぞ美しかろうとは思う。しかし実際に顔を見るわけではないのだから、想像しても無駄なのだけれど。

（そのような御方が、並みの女人のように振る舞われるのか？　どのようなお声で、どのような歌を詠まれるのか……？）

「女二の宮さまは……おいくつでいらっしゃるのですか？」

疑問はいくつも湧《わ》き上がったけれど、崇人が尋ねたのはそれだった。杯を傾ける秋永は、目を動かして崇人を見ると、言った。

「十四だ。つい先だって、裳着《もぎ》を済ませた」

裳着、と聞いて崇人は目をしばたたかせた。そのような、人並みの儀式を執り行う身の上の人物だとは思えなかったからだ。

「なにを、驚いた顔をしている」

「いえ……」

しかし仮にも秋永の妹、宮たる人物をしてそのようなことを考えているとは言えない。崇人は言葉を濁らせた。

秋永は、そんな崇人を見やりながら目をすがめる。

「だから、おまえの期待するような美女ではないと言っているだろう?」

「また、秋永さまったら」

笑い声を上げたのは小雁だ。秋永は、やはり目だけで彼を睨《にら》む。

「そんなに、崇人の移り心が心配なんですか? いっそ、宮さまの几帳《きちょう》の内に入れてやったらいいのに」

「ば、っ……」

秋永は言葉を失い、崇人もきょとんとした。ややあって、小雁の言ったことのとんでもなさに気づいてのけぞり、後ろに手をつく。

「いいんじゃないの? 女二の宮さまを間近に見て、それでも心動かされなかったら、秋永さまと崇人の相思いも本物ってことじゃないですか?」

「面白がっているだろう、おまえ」

本物の不機嫌を隠しもせずに、秋永は言う。小雁は澄ましたものだ。崇人はといえば、戯れとはいえ女人の御簾《みす》の内、という言葉にどぎまぎしている。

「だって、面白いもの。特に、崇人の顔が」

　思わず、自分の顎《あご》に触れる。不機嫌な表情をしていた秋永も、崇人を見る目に愉快げな色を混じらせていた。

「最初は、もっと取り澄ましたやつだと思っていたけど。最近は、なんでも顔に出て面白い」

　そのような自覚はない。崇人は手をすべらせて頬《ほお》に触れる。そんな彼を、秋永と小雁が同じような顔をして見つめていた。

「女二の宮さまを御前にしたら、どういう顔をするかなぁ？」

　よもや、小雁の言うことが誠にはならないだろうけれど。それでも自分に会いたいという女二の宮という存在が、今まで以上に気になり始めたのは事実なのだ。

□

　深い春にも似合わぬ、奇妙に冷たい風が吹く。

　馬上の崇人は、空を仰いだ。二条を出たときは明るい陽が照っていたのに、いつの間にか厚い雲が広がっている。それともこの雲は、ここが山の中――叡山であるからなのか。

「ずいぶんと……」

　先を行く秋永の背に、崇人は声をかけた。

「雲行きが怪しくなってきましたね。雨でも降るのでしょうか」

「ここは、いつもこうだ」

秋永が振り返る。鬢《びん》が、冷ややかな風に揺れた。

「決して晴れ渡ることはない。都がどれほどの晴天であったとしても、ここはいつもこうなのだ。真夏の一番暑い日でも、ひんやりと涼しい」

「それは……」

ここは、都の鬼門。艮《うしとら》の方角に位置する王城鎮護の山、かの叡山。今さらながらに崇人の胸中にはそれを畏《おそ》れる気持ちと、自分がここにいていいのかという思いが渦巻いた。

「ほら、見えてきた」

秋永が指を差す。崇人と、ちょこんと秋永の後ろに座った小雁が目をやった。

鬱蒼《うっそう》と立ち並ぶ松の大木の間から、建物が見える。檜皮葺《ひわだぶき》の屋根の、大きな邸。あそこが、女二の宮の住まい——雛《ひな》の宮。その主《あるじ》も『雛の宮』と呼ばれる、都の封印を務める鬼門の要。

崇人は、ごくりと息を呑《の》んだ。

こうやって遠くから垣間《かいま》見ているだけなのに、そこがただならぬ場所であることがはっきりとわかる。建物を包む空気は異様で、伝わってくる冷気に身震いが起こった。

四の宮の言葉を思い出す。女二の宮は、いまだ目覚めぬ雛。あの邸は、雛が育つまでの巣なのだろうか。その雛が成長すれば、いったいどのような鳥となるのか。住まう建物は、なんの力も持たない崇人が近づくだけでそのただならない様子が感じ取れるのに。その主人はいまだ雛で、秘めた可能性は無限大だというのだ。

同時に、蘇《よみがえ》った四の宮という存在が崇人の背筋を震わせた。あの目に見据えられたときの怖気《おぞけ》が再び走る。二度と会いたくない人物ではあったが、崇人が秋永とともにあるかぎり、またこうやって女二の宮の住まいを訪ねるような機会を持つかぎり、四の宮との再会は避けられないであろうという予感がひしひしとしていた。

秋永の馬は、迷いなく下草を踏んで先を行く。崇人の馬はといえば、乗る者の不安が伝わるのか足取りは遅く、崇人が促してもなかなか前に進もうとしない。

建物は大きかったけれど、守る衛士の姿は少ない。女主人の住まう邸がそれでいいのかと心配になるが、同時に都で暴れる盗賊たちも、このような場所まではやってこないのだろうと思った。

一行は、邸の東門に到着する。舎人《とねり》たちが出てきて、崇人たちは手綱を預けると下馬した。崇人は、慣れた足取りで門をくぐる秋永に慌ててついていく。

一歩入った中には、池があり釣殿があり、崇人の見慣れた貴族の家々とそう変わらない。それでも樹齢のほどの見当もつかない松の木は深くに入るほど生い茂り、その異様さをいや増していた。しかしただ伸びるに任せているわけではないことは、きちんと剪定《せんてい》されていた枝々からも見て取れる。

「……あ、……」

そして、松影の落ちる寝殿。簀子《すのこ》には四人の女房が、秋永たちを迎えるために控えている。その衣は揃《そろ》って、山梔子《くちなし》色に灰白色の襲《かさね》。都の女人にはありえない装いに崇人が目をぱちくりさせている間に、秋永はさっさと階《きざはし》を上がってしまう。

「どうした、早くしろ」

「は、……い……！」

小雁が振り返り、崇人を見て笑う。ためらっていることを見抜かれてむっとした崇人は、ことさらに力強い足取りで秋永に続いた。彼は廂《ひさし》を越え、女房の巻き上げる御簾の中に入っていく。

「秋永さま……」

その背を追いながら、崇人は声をかける。秋永は、首をまわして振り返った。

「あの、このような場所にまで入ってよろしいのでしょうか」

「どういう意味だ」

「いえ……私でしたら、簀子でのご対面で充分なのですが……」

そんな崇人の遠慮をどう取ったのか、秋永は唇の端を持ち上げた。

「なんだ、怖いのか？」

「怖いなんて……！」

初めて立ち入った叡山やこの邸の雰囲気に呑まれてしまっていることは確かだけれど、畏れてはいない。崇人は秋永を睨みつけ、そんな崇人に秋永はまた笑った。

「ただ……女人のお邸に伺うのに、いきなり御簾の内まで入らせていただくなどと……」

「妹を、並みの女人と思うな」

言いながら、秋永は遠慮もなく母屋《もや》に入っていく。

「あれも、おまえを男として迎えているわけではない。常の男女の礼など、不要だ」

それはそれでどうなのか、と思いながらも崇人は秋永についていくしかない。母屋の中、まず目に入ったのは屏風《びょうぶ》だ。常ならば四季の景色や花々が描いてあるそれに刻まれているのは、法華経だった。墨の濃き薄きの見事な手跡《て》ではあったが、崇人はぎょっとして足を止めてしまう。

しゅるりと、衣擦《きぬず》れの音がした。はっと、顔を上げてそちらを見る。秋永は奥の几帳の前に敷かれた円座《わろうだ》の上に座り、その隣に小雁もちょこんと腰を下ろす。

「待たせたな。清峰崇人を伴ったぞ」

几帳は、見事な浮織物だった。しかしそこに描かれているのは憤怒《ふんぬ》の表情を浮かべた一《いち》面二臂《めんにひ》の不動明王で、その逞《たくま》しい脚が踏みつけた小鬼の表情までもが生々しい。

崇人は、顔を引きつらせた。女人の部屋にふさわしい風情などどこにあるのか、迫りくる圧迫感に気圧《けお》されて、女房の勧める円座に座ることもできない。

「八の宮のお兄さまにおかれましては、ご機嫌よろしゅう」

倭琴《やまとごと》の音もかくやという声が響いた。崇人は、つられて几帳を見つめる。

かすかに人の姿が透けているその向こう、その人影が女二の宮であることはすぐにわかった。この部屋の奇妙なしつらえにも似ず、かの女人は崇人が聞いたことがないくらいに美しい声をしていた。

しかしいきなり、崇人に声を聞かせるとは。取り次ぎの女房はなにをしているのかと、思わずあたりを見まわしてしまった。

「少輔の君をお連れいただいたこと、ありがとうございます」

「よそよそしいな。少輔の君など畏《かしこ》まらずに、おまえも崇人と呼ぶがいい」

秋永は闊達《かったつ》な口調でそう言って、崇人を見上げる。座れ、というように空いた円座を指し示され、ようようそこに腰を下ろした。

「崇人どの……？」

倭琴の音の声が、そう言った。はい、と崇人は押されるように返事をし、しかし几帳の不動明王の恐ろしいまなざしが気になってどうにも落ち着かない。

「あなたの星は、とても強い。お兄さまの星に負けないくらいに、光り輝いています」

「は……」

いきなりそのようなことを言われて、戸惑《とまど》った。困って秋永を見やると、彼はいつものの、楽しげな笑みを浮かべている。几帳の向こうの女二の宮も笑っているようだというのが、気配で感じられた。部屋の異様さに圧倒されていた崇人は、それに少しほっとする。

「どうぞ、お兄さまの力になって差し上げて。あなたがいれば、お兄さまの星が迷うことはないでしょう」

崇人はうなずいた。声に出さない仕草が女二の宮に伝わるのかどうかは疑問だったが、直接言葉を申し上げるのは畏れ多かったし、並みの女人ではない彼女なら崇人の反応を見て取ることができるだろう。

しばらく、沈黙が落ちた。女二の宮は衣擦れの音も立てず、秋永は几帳と崇人を交互に見やりながら、いつもの彼の表情を浮かべている。小雁はなにか言いたげだけれど、さすがの彼も口をつぐんでいた。

「あなたも知ってのとおり、宮廷は今、二派にわかれています」

ややあって、女二の宮が言った。琴をかき鳴らすような声音は、少し沈んだものになる。同時に崇人は驚いていた。叡山にあり、都の封印ともあろう女二の宮が、世俗の乱れのことなど口にするとは思わなかったからだ。

「それはとても、よくないこと。右大臣の差し金などなんということもない、この争いこそが都の陰陽の気を乱し、ゆえに都の変事が絶えないことを、太政大臣も右大臣もわかっていない……」

　ふっ、と嘆息が聞こえる。秋永に目をやると先ほど前の表情は潜められ、彼もまたため息をつきそうな顔をしていた。

「それを……止めることは、できないのですか」

　崇人は、秋永に尋ねた。もちろん、女二の宮も聞いていることがわかっていての言葉だ。

「二派の争いは、昨日今日のことではありません。秋永さまや……女二の宮さまのお力をもってしても、止めることはできないのでしょうか」

　具体的にどうすれば止められるのか、という疑問はあったが、なにしろ並みの人ならぬこの兄妹だ。崇人の考えなど及ばない力を持っているに違いない。彼らの兄、四の宮の不可解な呪《しゅ》を思い出しながら、崇人は言った。

「大臣がたのお心を操る……そのような呪を使って、都の和を取り戻すことはできないのですか」

「人の心を操ることなど、できぬ」

　吐息とともに、秋永が言った。

「一時的に惑わすことはできても、そのようなことはなんの解決にもならない。そもそも、あれらの争いはその心から出たものではない……都の和を乱す、悪《あ》しき力の影響によるものだ」

だったからだ。
秋永の言葉に、どきりとした。悪しき力と聞いて、思い出すのはやはり四の宮のこと
「悪しき……？」
「糸を引いているのは、四の宮のお兄さまです」
崇人の胸の鼓動が、大きく鳴った。以前、秋永も同じことを言いながらも、その名を
はっきりと出すことはなかった。言忌《こといみ》を恐れたのは崇人も一緒だけれど、女二の宮にとっ
てはそのようなことはなんでもないのか。
「四の宮のお兄さまは、都を穢れで満たそうとなさっておられます。わたくしがその穢れ
を受けることができるからよいようなものの、わたくしの力もいつまで持つか……」
思わず几帳のほうをまじまじと見てしまい、その向こうからはさらりと衣が擦《こす》れ合う音
が聞こえる。
「あの方は、荼吉尼天《だきにてん》の神変法を身につけていらっしゃいます」
琴の音のような声が告げるのは、不似合いなほどに不吉な言葉だ。四の宮が荼吉尼天の
術法を修法しているというのは以前にも聞いたけれど、それがなんなのか、詳しいことは
聞きそびれたままだった。
「人黄《じんおう》を食らいし夜叉《やしゃ》。如来の調伏においても肉を断つことを否み、ゆえに死肉を食うこ
とを許された鬼。その法を修する者はさまざまの神変不思議の術をなし、されど命終のの

ちは己の人黄を捧ぐとの誓願を立てるべし、と」

崇人は、自分の背がぞくぞくと震えるのがわかった。人黄——心の臓を食らう鬼の法を操るとは。一度は会った人物で、その恐ろしさを身をもって知っているとはいえ、聞かされた話に改めて肝が冷える。

目の端にうごめくものが映り、崇人はそちらを見た。ぱた、ぱたと動くのは小雁のしっぽだ。見ればその毛は逆立っていて、小雁も聞かされた話に怯《おび》えているのだ。

「荼吉尼天の本性は、狐《きつね》とも言われているからな。また、それが狐に乗ったものが管狐《くだぎつね》と化す、とも」

秋永の言葉に、小雁のしっぽはますます落ち着かなげに揺れた。

「狐と申せば、わたくしたちも無縁ではありませんが」

几帳の向こうで、くすくすと笑う声が聞こえる。崇人は笑うどころではないが、秋永も微笑を見せていた。どういうことかと首をひねる崇人に、女二の宮がまた笑い声を立てる。

「四の宮のお兄さまは、安倍の血を引いていらっしゃるわけではありませんが……どこまでも、我が血筋とご縁のあること」

「兄上は、お認めになりたくはないだろうけれどな」

兄妹がなにを楽しんでいるのかわからない崇人は、ひとり取り残されたような思いだ。

このような話の中に自分が巻き込まれなくてはならないとは、いったいどういう理由があるのだろう。

「あなたという沿え星が現れたのは、偶然ではありません」

女二の宮の言ったことに、はっとした。小雁がしっぽを動かすのをやめる。部屋の中は、ぴんとした緊張が張りつめた。

「八の宮のお兄さまは、その昔、星見をなさいました」

崇人は、秋永のほうを見る。秋永は、すがめた目を崇人に向けてきた。

「その星見が指し示したのは、丙寅《ひのえとら》、爐中火《ろちゅうか》。司命星のもとに生まれた男児。遭逢《そうほう》は丙戌《ひのえいぬ》、如月《きさらぎ》の月」

それは、以前にも聞いた話だ。思わず怯《ひる》んだ崇人を引き止めるように、女二の宮は言った。

「そう、あなたです。あなたが沿え星としてあることで、お兄さまのお力は増す。そのお力で、わたくしの力及ばずとも、四の宮のお兄さまに太刀《たち》打ちできる……」

女二の宮はなんでもないことのように言うけれど、それは大変なことだ。崇人は思わず身を乗り出し、膝《ひざ》をついて声をかけた。

「ですが、私が秋永さまの沿え星で……秋永さまのお力が増す、というのなら、今すぐにでも四の宮さまをお止めすべきでは？　私になにができるのか……お教えいただければ」

そう言いながら、崇人はまた秋永を見た。秋永はやはり、なにも言わない。ただ崇人を見ていて、そのまなざしがもどかしかった。

「今すぐというのは、無理な話。あなた自身がまだ目覚めていないからです」

冷静な声が聞こえてきた。

「あなたの中に宿る力が目覚めるのは、丁亥《ひのとい》……争いを勝利に導く相剋《そうこく》の年。いまだ年早く……あなたは、目覚めぬ雛なのです」

雛の宮、と呼ばれるのはそう言う女二の宮ではなかったか。崇人は膝をついたままぺたりと座り込んでしまい、ふふっと聞こえた低い笑い声は、几帳の向こうからだった。

「無理やりに目覚めさせる方法が、ないわけでもありません。しかし力ずくで殻を破っては、雛は死んでしまう……そのようなことになれば、元も子もありません。だから、お兄さまもわたくしも、待っているのです。あなたが目覚める丁亥の年を」

崇人は、思わず胸に手を置く。奥に潜む、心の臓が大きく高鳴っている。自分の中になにかしらの力があるなど、考えたこともなかった。秋永も、今までそのようなことを言ったことはなかったのに。

「そして、わたくしもまた。目覚めぬ雛に過ぎない……」

しゃらり、と衣擦れの音がする。崇人がはっと顔を上げると、几帳に隠れていた影が見上げる大きさになっていることに気がついた。

女二の宮が、立ち上がったのだ。高貴な女人が立つなんて。ありえない状況に、崇人は啞然《あぜん》とする。

「この宮から、出ることもできぬ我が身。そのようなわたくしに、いかようのことができましょうほどに……」

なおも、衣擦れの音がする。几帳の端から、重袿《かさねうちき》の裾《すそ》が——それはまわりの女房たちと同じ山梔子色から灰白色に色を変えていく重ね目であり、しかし女房たちと違うのは、女二の宮の唐衣だ。それは一見真っ白な錦で、しかしよく見ると一面に文字が浮き織りになっている。それが大祓《おおはらえ》の祝詞《のりと》であることは、いちいち文字を読むまでもなくわかった。

「ですが、四の宮のお兄さまがあなたにかけた呪を解くくらいは、できます」

目を見開いて見上げる祟人の前に、女二の宮は立った。白い顔、涼やかな目、通った鼻筋に小さな唇。

想像したとおり、女二の宮は美しかった。確かに秋永と似てはいるが、彼が男の色香を漂わせているのに対し、女二の宮の美しさはまるで彫像のようだ。生身の女というよりも、繊細な細工をされた仏像を前にしているような心持ちがした。

似ているといえば、まとう触れがたき雰囲気は四の宮に近いように思う。しかし彼がどこまでも冷たく恐ろしかったのに対し、女二の宮からは包み込まれるような安堵《あんど》を感じる。仏というのなら、大慈大悲で衆生を救うという観世音菩薩のごとくと見えた。

女二の宮は、両手を合わせせる。紅い唇が動いた。

「千早ふる爰《ここ》も高天原なり、集まり給え四方《よも》の神々……」

なおも女二の宮の歌は続き、そして彼女は指を合わせると、弾《はじ》く。そして両手の親指と人差し指を立てて握った拳《こぶし》を合わせると、人差し指に中指を絡める。それを崇人の額近くに寄せ、素早く印を組み替えながら小さな、しかしはっきりとした声で唱える。

「臨兵闘者皆陳列在前《りんひょうとうしゃかいぢんれつざいぜん》」

「……あ」

ふわり、と体の中のなにかが解きほぐされたように感じた。同時に温かいものが奥から湧き上がり、崇人は大きく息をつく。目は見開いて女二の宮を映したままで、彼女が手を解いて微笑《ほほえ》むのが見えた。

「四の宮のお兄さまは、夜叉明王の修法を以《もっ》てあなたの神《しん》を縛していた。あなたの目覚めを、邪魔していた」

女二の宮は、目をすがめて崇人を見た。

「このままでは、丁亥の年をも過ごしてしまうところでした」

は、と吐息とも返事ともつかない声を、崇人は洩《も》らした。そんな彼を見つめる女二の宮は微笑んで、そしてゆっくりときびすを返す。衣擦れの音を立てながら、几帳の内に戻る。

女二の宮が再び腰を下ろしてしまうと、先ほどのことが夢であったかのように感じた。

崇人は几帳のほうを見、秋永を見、小雁を見て、また息をつく。

「あ、の……、畏れ多くも……ありがとうございます」

自覚はなかったけれど、四の宮にかけられていたらしい呪を解いてもらったのだ。とりもあえずそう言うと、くすりと小さな笑い声が聞こえる。

「この程度のことで、力になることができればいいのですけれど」

秋永が、崇人を見ている。その表情には苦いものが浮かんでいて、それはなにゆえかと崇人は首を傾《かし》げた。

「……くれぐれも、四の宮のお兄さまには気をつけて」

秘密ごとをささやくように、女二の宮が言う。その声は、秋永にも向けられた。

「お兄さま。少輔の君をお守りあそばして。四の宮のお兄さまは、今もわたくしたちをご覧になっておられます」

「ああ」

秋永は、低くそう答えた。彼の表情の苦さはなにゆえなのか、崇人は懸命に見通そうとして、しかしそれは叶《かな》わなかった。

□

妹が、あれほどおまえを気に入るとは思わなかった、と秋永は言った。

「お気に……召したのでしょうか？」

崇人は首をひねった。帳台の中、並べられた枕《まくら》の隣の秋永が不機嫌そうな顔をしている。

「ああ。まさか、あれ自ら解呪を行うとは思わなかった。しかも立って、几帳から出て」

「やはり、あれは異例のことなのですね」

安堵して、崇人は言った。いくら異風の存在だとはいえ、姫宮ともあろう御方があのような行為に及ぶとはどう考えても並みなことではなかったからだ。

「当然だ。そもそも、おまえを呼んだことからして異例なのだから」

秋永は、腕を伸ばす。崇人の肩に手をまわして抱き寄せた。彼の腕に包まれた崇人は、掛けた大袿《おおうちき》を引き寄せる。

「扇も持たず、顔を見せるなど……いくら解呪の必要があったとはいえ。感心できることではないいな」

「秋永さまは、女二の宮さまは私を男としてお召しになったのではないとおっしゃったではありませんか」

そう言った崇人を、秋永は目だけを動かして見やってきた。

「あの方にとって私は、秋永さまの沿え星……四の宮さまのお手、穢れから都を護《まも》るための駒《こま》に過ぎないのでしょう？　顔を見られようがなんだろうが、それこそ馬に見られてもお気になさらないのと同じに」

「だが、おまえはそうでないだろう?」

その不機嫌なさまは、女二の宮の前を辞し叡山を下りる間、ずっと秋永の顔に貼《は》りついていた色と同じだ。崇人は、目をしばたたかせて彼を見る。

「妹を見て、どう思った?」

「……御仏のような御方だと」

晴れることはないという雲のかかった空、その中で部屋の奥はさらに暗かったけれど、それでもはっきりと見えた女二の宮の顔。清らかで美しく、近づきがたい玉容。

「仏、とな」

秋永は、驚いたように言った。そして、くすくすと笑い出す。

「それはいい。仏に手出しをする不埒《ふらち》者はいないだろうからな」

「ですから、秋永さまは……なにを心配していらっしゃるのですか」

崇人は眉根《まゆね》を寄せる。そこに秋永は唇を落としながら、なおも声を震わせて笑っていた。

「小雁の言うことを、真に受けておいでですか? 私が、女二の宮さまに懸想するとでも?」

「決してないとは言えないだろうが。なにしろ、おまえは色恋に耐性がない」

「ご自分はあるとでもいうようなおっしゃりようですね」

今度は、崇人が笑う番だ。秋永は虚を突かれたように黙っていたが、すぐに崇人を抱く腕に力を込める。

「つまらないことを言っていないで。寝るぞ」

笑いながら、崇人は、はいと答える。秋永はそのまま目をつぶってしまい、崇人はしばらくその顔を見つめていたけれど、やがて瞼《まぶた》を伏せる。

眠りに落ちる刹那《せつな》。目の裏に浮かんだのは、白く透き通った肌を持った誰《だれ》かの顔だった。


ざわり、と肌を撫《な》でられる感覚があった。

それは崇人の首筋をすべる。形を確かめるように何度も撫で、首の付け根を押すように力を込め、そのまま鎖骨を辿《たど》って小袖《こそで》の中に入っていく。

「……っ、や……っ……」

崇人は、身震いした。眠りを破る冷たい手から逃げようとして、しかし体はなにかに縛《いまし》められたかのように動かない。

手は小袖の胸もとをはだけ、中をざらりと撫で上げる。肌がぞっと粟立《あわだ》ったけれど、身動きができないので逃げることもままならない。

濃く、香が薫った。この薫りは、知っている。秋永の崑崙方《くろほう》ではない。芳醇《ほうじゅん》な薫りではあるもののどこか崇人の背をぞっとさせ、怖気をふるってしまうような芳香だ。

「あ、き……、な……」

ともに眠っているはずの秋永を呼んだ。しかし返事はなかった。寝息さえも聞こえない。彼のものではない、漂う香。この手の冷たさ。触れてくる這《は》う蛇のような動きは、秋永のものではありえない。

「……、あ、っ……」

しかし、それならばいったい誰なのか。茵《しとね》の上で呻《うめ》きながらも、瞼もまるで呪にとらえられたかのように開いてはくれない。

「やぁ……、っ……」

手が、胸の尖《とが》りを擦っていく。崇人自身は恐怖にわななくばかりだというのに、動かない体は反応した。そこは刺激を受けて芯《しん》を持ち、触れられていないほうも勃《た》ち上がり始めているのが自分でもはっきりとわかる。

指が、そこをつまむ。きゅっとひねられて、崇人の腰が大きく跳ねた。自分の意思では動かせないのに、与えられる感覚にはそうやって反応するのだ。

(なんだ、これは……?)

敏感に尖った乳首を転がされる。腰に響く刺激はそのままに、どこからか現れたもうひとつの手が、肌を深く探っていく。

帯が、しゅるりとほどけた。手はその先、みぞおちから腹部、下腹に這い、そして崇人の欲望の根もとにくすぐるように触れる。

「あ、……っ……！」

崇人は、声を上げた。体を走る感覚はより鋭く、先ほどの比ではなく下肢が反応した。指が絡みつく。それはやはり蛇のようになめらかでくねっていて、それ自体が一箇《いっこ》の生きものであるかのように崇人の身を縛めてきた。

「……ひ、ぅ……っ……」

その感触は不気味で、同時にありえない快楽を運んできた。快楽――そう、この理解できない無明世界にあって、それは確かに快感だった。冷たいものにからめとられた崇人自身はいつの間にか勃ち上がっていて、先端から透明な液を垂らしさえしているのだ。

崇人は、掠《かす》れた声を上げた。そのつもりだったのに、しかし自分の耳には届かない。指先ひとつ動かせないのに、体の奥の熱は高く、どくりどくりと鼓動を刻みながら崇人を翻《ほん》弄《ろう》している。

絡みついた指は、ゆっくりと上下に動き始めた。崇人自身を根もとから上へとぬるりと擦り、先端部分に巻きつく。傘の下で何度かうごめき、そのまま濡《ぬ》れた部分へと這ってくる。それはぬめりを広げるように艶《なま》めかしく動いて、迫《せ》り上がる刺激に崇人は咽喉《のど》を震わせた。

そこは何度も執拗《しつよう》な愛撫《あいぶ》を受けて、耐えがたくわなないた。それでもなお、指の動きは止まらない。擦り、爪《つめ》を立てて引っかき、傷をつけられたのではないかと感じたものの、それさえもが愉悦だ。

「あ、あ……っ……」

こぽり、と自身が新たな露を生み出したのがわかる。それを塗り込められ、指はまた下に這った。ずる、ずる、と敏感な部分の神経をくまなく撫でていく指。まるで崇人の性感のすべてを知っているかのような感覚。

根もとまですべって、また先端を。それはゆっくりと、徐々に激しい動きになった。ぐちゃぐちゃと音を立てられながらも息のつけない愉悦の中、崇人は咽喉を嗄《か》らし、体の奥から湧き上がる炎に舐《な》められて。

指がひと息に、強く全体を擦り上げた瞬間。どくんと大きなものが崇人の腰の奥で跳ね、同時に彼自身は、弾けた。

「は……、ぅ……、っ……」

はぁ、はぁ、と荒い息が洩れる。崇人は胸を押さえ、ふと自分の体が自由になっていることに気がつく。

目を開ける。入ってきたのは朧《おぼろ》気《げ》な闇《やみ》で、あたりは静かだ。

「……あ……?」

伝わってくる温かさがあって、目を凝らした。崇人が身を寄せているのは、一緒に茵に入った秋永であることを知る。彼以外ではありえない。先ほどのことは彼のいたずらかと思いはしたものの、しかし秋永は健やかな寝息を立てているし、小袖の裾からそっと自身に触れてみても、欲を放った痕跡《こんせき》はない。

（ゆ、め……？）

崇人は、かっと頬を熱くした。なんという淫《みだ》らな夢を見たものか。夢に見てしまうほど、自分は飢えているというのか。そのようなことを言えば、秋永がどれほどからかってくることか。

それとも、あの香の主――今はもう消えてしまっているけれど、彼が崇人によからぬ呪でもかけたのか。

ゆっくりと、崇人は身を起こした。秋永が目を覚まさないように、慎重に茵から降りる。浜床を越え、廂に出て妻戸を開けた。簀子に出ると、照らす月明かりが崇人を包む。

大きく息をつく。見上げる空は墨で塗りつぶしたようで、そこには大きな月が照り輝き、それに寄り添うように無数の星が光っている。

夏に近づきつつある深い春の宵とはいえ、夜は冷える。小袖の襟もとをかき寄せながら崇人はなおも空を見上げ、ふと鼻腔《びこう》を突いた薫りに目を見開く。

「……こ、れ……」

先ほどの夢の中で、漂っていた香。夢の中ではかすかにしか感じることができなかったけれど、今ははっきりとわかる。白檀香《びゃくだん》だ。その香を衣に焚きしめる人物を知っている。ぞわり、と悪寒が全身を走った。

しかし、なぜ白檀香が薫るのか。崇人の夢の中でも薫っていたなど、そのようなおかしなことがあるものか。しかしあの人物のすることとなればどのようなことでもなんの不思議もないように思えて、崇人は大きく身を震った。

「あ……」

自分自身を抱きしめながら見上げた空に、奇妙なことが起こった。崇人は瞼を見開き、はっきりと目に映ったきらめきを凝視する。

星が、落ちた。流星だ。それは見間違いようもなく空を駆け、艮の方角に消えていった。流れ星は、異変の証《あかし》。常ならぬことが起こる予兆。ともすればそれはよからぬ出来事であり、見た者の身の上のみならず、その輝きが照らす都をあまねく変事が襲う前触れかもしれず――。

凶兆の予感が、崇人を襲う。立ち上る白檀香とともに、いやな予感が崇人を包む。ぞくぞくと体の芯から震えた崇人は、思わずその場に座り込んだ。冷たい簀子の感覚とともに、月星が美しく光るからこそ不気味に冴《さ》え渡る夜空を、見つめていた。

□

その夜もまた、白檀香が薫った。

崇人は、まとった小袖を裾からめくられる感覚を受け止めている。下肢に夜の冷たさが忍び込む。しかし崇人は身動きできず、小袖が腰あたりにまでまくり上げられても指先ひとつ動かせない。

「……あ、っ……」

腿《もも》の上を、手のひらが這う。ざらりと撫で上げられて、怖気が走った。しかしそれは同時に肌に触れられて煽《あお》られる快楽でもあり、崇人は体を捩《よじ》ろうとした。

彼に、快楽を与えられるなんてとんでもない——それを愉悦と受け取ってしまうなんて、自分自身が許せない。

しかし手は巧みに肌を這い、同時に膝裏にかかって押し拡《ひろ》げられる。あ、と思う間もなく崇人は両脚を拡げていて、その間にぬるり、と湿ったものが挿《はい》り込んできた。

「や、ぁ……っ……」

それは双丘を押し開き、その狭間《はざま》にすべり挿《い》ってくる。柔らかい肉を揉《も》むようにし、その奥、密《ひそ》やかにある蕾《つぼみ》に触れられて崇人はびくりとした。

（こえ、……を……）

声を上げようとしても、咽喉が震えるばかりでちゃんとした音にはならない。咽喉が痛み、掠れた呻きが次々と洩れこぼれる。

「……っ、あ……」

細い指が、挿り込んでくる。ぬめったそれは抵抗なく蕾の襞《ひだ》を押し拡げ、つぷりと浅く中を犯した。濡れた肉を探られて、崇人はひっと息を呑む。

（唱え……なけれ、ば……）

懸命に声を上げようとした。指先さえ動かない中、渾身《こんしん》の力で声帯を動かそうとする。指はうごめき、内壁が抉《えぐ》られた。慣らされた体はそれを悦《よろこ》んで絡みつき、奥へと誘い込もうとする。

ふっ、と呼気が洩れた。それが白檀香の主の吐息で、崇人の体の反応を笑ったのだということがわかる。

（秋、永さま……、お力、を……！）

彼の名を思い浮かべたとたん、咽喉の奥が楽になった。崇人は、とっさに精いっぱいの声を上げる。それはつぶれた声ほどの音量もなかっただろうけれど、それでもかすかな音となって崇人の唇からこぼれ出た。

「……唵《オン》、薩羅薩波底《サラサハチ》、曳《エイ》、莎訶《ソバカ》、……っ……！」

秋永に教えられた、弁財天の真言だ。悪夢を祓う効力があるというそれが、崇人の脳裏に響き渡る。と同時に、ふっと白檀香の薫りが薄くなり、きらめくものが閉じた瞼に映った。

「あ、っ……」

しゅっ、と空を切る音。小さな呻き声。崇人は目を開き、すると揺れる灯明皿の炎を反射した鋭い刀が見えた。

そこには、刀を構えた秋永がいた。小袖姿の彼は膝をつき刀を構え、水平に空を切るそこには、朧に浮かんだ四の宮の姿があった。

「……兄上」

低い声で、秋永はつぶやいた。その身を腹から切り裂かれていながら、幻のような四の宮は唇の端を持ち上げて微笑んでいるのだ。

「味な真似《まね》をする」

「兄上……このようなことをなさって、なにが目的か」

くすくす、と四の宮が笑う。その笑い声は、深夜の部屋に不気味に響き渡った。彼の白い顔、紅い唇が奇妙に鮮やかに目に映る。その体が半分透けていて、袈裟衣《けさごろも》の足もとなどは見えないものだからその奇妙さはいや増した。

「そなたの沿え星は、よほどに希有《けう》な才の持ち主やもしれぬぞ」

くすくすと、笑いながら四の宮は言う。

「真言など、ただ口にしたからといってその効のあるではない。福徳を得るためには、修するを常とせねばならぬもの……それを、そう易々《やすやす》と効験を見るとは」

ふわり、と四の宮の手が伸びる。秋永は再び刀を構えたが、手はすっとそれを避け、崇人の顎に触れてくる。

「どうだ、そなた。私のもとで修道せぬか？　秋永のもとになどいるよりも、よほどにそなたの才を磨いてやろうほどに……」

「や、っ……」

崇人は、四の宮の手から逃れようとする。四の宮の手はその身を離れ、宙にゆらゆらと動く生きもののように崇人を追いかけた。

それを、秋永の刀が切り裂く。四の宮の手は霧に紛れたように消えたが、彼自身はなおも楽しげに笑うばかりだ。

「破邪の剣など、効かぬぞ。秋永」

目をつり上げ、四の宮を睨みつける秋永を彼は嘲笑《あざわら》う。

「この都を包む、邪を斬《き》るか？　できぬよ……そなたにはできぬ。それは、私の望みではない……」

声が、掠れて聞こえなくなっていく。同時にその姿もだんだんと薄く、霞《かすみ》がかかったように消えていった。

「今の私には、常ならぬ力が満ちている……そなただけではない。どのような術者にも、私は敗れぬ。誰も、私を倒すことはできぬ」

「兄上……っ！」

「都を覆う雲は、さらに厚くなる。……天と地を、逆さまにしてみせようぞ……」

秋永は、再び刀を一閃《いっせん》した。それに斬られたかのように四の宮の姿は消え、あたりには薄い灯《あか》りだけが照らす闇が残った。

崇人は、大きく息をつく。気づけば自分の手は秋永の袖を握っており、それではまるで怯える童だと、慌てて離す。

「崇人……、よく、耐えたな」

なおも警戒するように、刀を構えたままの秋永は言った。

「兄上のお力に抗《あらが》うなど、よほどの胆力が必要であっただろうに」

「いえ……。私は、なにも」

秋永の袖を離した手は、震えている。わななきを懸命に抑えながら、気丈な声で崇人は言葉を吐いた。

「それよりも、四の宮さまのおっしゃったこと……」

しばらくあたりを見まわしていたが、やがて秋永は刀を収める。きらめくそれを鞘《さや》に入れると、茵の上に置く。痛いほどの静けさがあたりを包んでいる。

「あれは、戦の声明にも等しいのでは……？　都の怪異を晴らさせまいと……四の宮さまは、さらなる都の混乱を望んでいらっしゃると？」

「これ以上の異変があってたまるものか」

刀を置いた手を、秋永はぎゅっと握りしめた。

「しかし、天と地を逆さまにしてみせると……そのようなこと、可能なのですか」

秋永は、厳しいまなざしのまま四の宮の消えた空《くう》を見つめていた。うわずった声での崇人の問いに、呻くように返事する。

「わからぬ。兄上のお力は……摩訶《まか》なりてあらば。その気になられれば、どのようなことでも可能なのであろう。私はただ、遊ばれているだけにすぎぬのか……」

秋永にも不可解である四の宮の望みを、願いを、崇人がどれほどわかるというのだろう。ただ知っているのは、四の宮が奇妙に崇人に執着しているということ。

「四の宮さまは、いったいなにをお望みなのですか？」

静まりかえった部屋に、崇人の声が響いた。

「祖父君であられる、右大臣どのの天下を？　そして兄上であられる二の宮さまの、春宮ご即位を？」

「そのような俗世の欲など、兄上はお持ちではないだろう」

なおも、あたりを警戒したまま秋永は言う。

「あの方には、太政大臣と右大臣の争いなど些細《ささい》なきっかけ。不和から生まれた種を大きく育て……世を混乱に導く果実をもぎ取ること」

「なんのために……？」

「わからん」

秋永は、吐き捨てるように言った。

「ただ、そうしたいからそうする。兄上は、ただ楽しんでいらっしゃるだけだ……私には、そう思える」

それは、崇人も感じていたことだ。四の宮に只人《ただびと》のような野望があれば、崇人などを狙《ねら》うよりもたとえば兄宮たちを次々に弑《しい》し、自分が春宮に上ることを考えるのではないだろうか。それなのに四の宮は、崇人をもてあそぶことなどにその力を使っている。

「太政大臣が失脚して一の宮の兄上が春宮を追われ……二の宮の兄上が新たな春宮になるようなことがあれば、四の宮の兄上はまたほかのほころびを見つけ、都を新たな混乱に巻き込むだろうよ」

崇人は、眉を寄せた。

「しかし、つい先だってまで都は平和でした……。もちろん、物の怪《け》騒ぎなど珍しくはありませんが、これほどの混乱は、ほんの先日から起こり始めたことです」

「それは、私とおまえの星が結びついた……丁亥の年が、近づいてきているからだ」

秋永は息をつき、茵に腰を下ろす。帳台の端に置いてある燈台の炎が、ゆらりと揺れた。

「私がひとりで妹のもとに行っていたとき、おまえのもとに四の宮の兄上がおいでになっただろう。あれは、おまえの目覚めを確かめにいらしたのだ。結びついた私たちの星が、輝いているか否かを」

「まだ……輝いてはいないのですね」

崇人も、茵に座り込む。思わずうつむいてしまう。自分の目覚めさえあれば四の宮の好きにさせることなどないのだと思うと、自分の咎《とが》であるのではないかと思う。

そんな崇人の心を読んでか、秋永は言った。

「妹も言っていただろう。雛には自ら殻を破らせねばならない。無理に目覚めさせては、雛を殺してしまうと」

「ですがその間に都は乱れ、物の怪に取り殺される者があとを絶たず……」

どうすれば殻を破れるのか。どうすれば、星を輝かせることができるのか。

「私は……いかにすればいいのでしょうか」

「おまえは、弁財天の真言を唱えることができたではないか」

目をすがめて、秋永は崇人を見る。

「兄上のおっしゃるとおり、ただ唱えればいいというものではない。その効を見るには不《ふ》殺生戒《せっしょうかい》、不偸盗戒《ふちゅうとうかい》、不邪淫戒《ふじゃいんかい》……さまざまな戒法のもとに修してのち、なるものだ。それなのに、ただ唱えるだけで効をなすとは」

「不邪淫戒……？」

秋永の言葉に、崇人は眉をひそめた。

「よこしまなく、淫らを戒め……？　秋永さまこそ、戒法をお守りではないのでは？」

「ふん」

崇人の言葉に、秋永は口もとをゆがめる。崇人をからかう、いつもの表情に戻る。

「あれは、己の妻ならぬ者と淫するのを戒めているのだ。私たちの間に、いったいなんの問題が？」

「日中や、神聖なる場所で淫するのも邪淫と聞いたことがありますが」

秋永は、にやにやと笑うばかりだ。初めて秋永に組み敷かれたのが陽の当たる廊であったことを、崇人は忘れていない。睨みつけると、秋永はますます楽しげな笑みを浮かべる。

「それに、誰が妻ですか。せめて、夫《つま》と……」

「生意気だな、おまえは」

秋永が手を伸ばし、崇人の頬に触れた。彼の体温は低いけれど、四の宮のあの恐ろしいほどの冷たさではない。ひんやりと肌を冷やしてくれる、心地のいい感覚だ。

ふたりの間から、空間が消える。互いに引き寄せられるように身を寄せ合い、崇人は自然に目を閉じる。ふたりの唇の表面が、触れ合う。

「――――永、さまっ！」

帳台の中まで響き渡った声に、ふたりは驚いた。秋永がさっと振り返り、帳の向こうに声をかけた。

「なにごとだ、小雁」

「大変ですっ！　今、御所からお使いがあって……」

たちまち、秋永の表情が険しくなる。崇人も、いやな予感に身を震わせた。

「帝が、病を患われたんだって……！」

恐ろしいほどにこわばった表情で、なに、と秋永が呻いた。

第五章　――争覇――

秋永は、慌ただしく邸を出ていった。

残ったのは、不気味ささえ感じさせる奇妙な静けさだ。秋永が乗り込んだ牛車《ぎっしゃ》の音が聞こえなくなってから、崇人は小雁に話しかけた。

「帝の御病って……、なんなんだろうか」

小雁は、小さく首を振る。彼の総角《みずら》の裾がふわふわと揺れた。

「この前、星が落ちたじゃない。あれは、この予兆だったんだ」

ただでさえ都が揺れているときに、帝が病とは。否、その統べる地に異変が起こっている今だからこそ、その御身自身にも災いが降りかかったのかもしれない。

「だから、秋永さまも警戒してらしたのに。夜居の加持僧も増やして、帝から目を離さないようにって……」

「それほどに深慮していたというのに。星の告げる命運というものは……避けられないというのか」

あの夜見た流星の輝きは、忘れることができない。禍々《まがまが》しい尾を引いて流れていった星は、御所に落ちたのだろうか。いろいろな人間の思惑渦巻く内裏に落ちて、その尾は畏れ多くも帝をからめとり、病を起こさせたというのか。

「これは……四の宮さまの関《かか》わることだと、思うか？」

「さぁ……」

小雁に尋ねると、彼はしっぽをぱたぱたと振りながら眉根を寄せた。

「秋永さまなら、突き止めていらっしゃるかもしれないけれど。しかし、帝を病に取り憑《つ》かせてどうするんだ？　四の宮さまには、お父上であられるのに」

「それがわからないから、恐ろしいんだよ」

秋永が、四の宮はただ楽しんでいるだけだと言っていたことを思い出す。これが、彼が帝を弑する、帝位を狙っている、そのような理由ならはっきりしていていいのだけれど。

あの人物は、行動が読めない。なにを目的として動いているのかわからない。そのあまりの不可解さに、先日の流星さえも四の宮がなんらかの方法で仕組んだものではないかと考えてしまうほどだ。

「崇人？」

小雁が、ひょこりと耳を震わせながら尋ねてくる。崇人は彼のほうを見て、低い声で呻った。

「御所に、行ってくる」

「えっ、今から出仕？」

目を丸くした小雁に、崇人は首を振る。

「帝の御病の原因を、突き止めるんだ。なんといっても、流れ星が落ちた。帝のお悩みは、ただの病だとは思えないから」

それはそうだけど、と小雁はしっぽを振った。

「でも、なんで御所なの？　御所にならば加持僧も、典薬寮《てんやくりょう》とか陰陽寮とかの官吏もいっぱいいるでしょう？　崇人が行ったって、なんの力になれるの？」

「私が御病を診るわけじゃない。でもできるだけ、帝のお近くに行ってみたいんだ」

ふぅん、と小雁は首を傾げた。ぱたり、ともう一度しっぽを動かした。

「面白そうだね。行こうか」

「遊びに行くんじゃないんだぞ」

崇人はたしなめたけれど、小雁はわくわくとした顔を隠さない。ぴょんと立ち上がっては駆け出し、すぐに水干の装い一揃えを持ってきた。

「これ、おまえのじゃないな」

どう見ても、小さな小雁に合わせて仕立てたものではない。小雁は、歯を見せて笑った。

「秋永さまのものか……。あの方はこのようなものを用意なさって、どうなさるおつもりなんだ」

「まぁ、いろいろとね」

小雁は、その主人によく似た笑みを浮かべながら、崇人の着替えを手伝ってくれる。首《くび》上《かみ》の赤い紐《ひも》を結び、裸足に緒太《おぶと》を履く。風折烏帽子《かざおりえぼし》をかぶって童《わらわ》水干姿の小雁と並ぶと、どこかの貴族の従者に見えるだろう。

驚いたことに、小雁はその耳としっぽを隠した。彼が目を閉じて小さくなにかを念ずると、耳もしっぽも消えたのだ。

「どうして、普段から隠しておかないんだ？」

「だって、疲れるもの。本当は、狐の姿でいたいんだよ。でも、そうしたら秋永さまのお世話ができなくなるから」

ふたりは、清峰崇宗の従者だということにする。父の名を出すのは憚《はばか》られたけれど、いざとなれば父にかくまってもらえると踏んでのことだ。衣は水干に替えたけれど、懐には紋の入った印籠《いんろう》を持つ。

ふたりは、こっそりと邸を出る。邸を出るのも誰かに見咎められてはと冷や冷やしたけれど、車宿にいた牛飼童たちでさえもふたりに気づかなかった。これほど易々と身をやつすことができるというのは喜んでいいものか悲しむべきなのか、複雑な思いを抱きながら崇人は小雁と連れだって大路を行く。

いつもと変わりのない邸を出てみると、都大路でさえ賑《にぎ》わいを失っているように思えた。しばらく大路を歩くことなどなかったから、もとのありさまを忘れてしまったのかもしれないと思ったけれど、どう見ても人々の歩く足には活気がなく、表情はなにかを恐れているようだ。

そっと、小雁に尋ねてみる。彼もいつもの明るい笑顔を潜ませてうなずいた。

「物の怪騒ぎが、いっこうに収まらないからね。おまけに禍《まが》なる流れ星、帝の御病。これだけ揃えば、充分じゃない？」

ますます、じっとはしていられないと思った。崇人は内裏に急ぐ。出仕のときなら正面の朱雀門から入るところだけれど、今は従者になりすましている。大内裏をぐるりとまわり、反対側の達智門《たちいもん》の前で様子を見る。

「なんだ、おまえたち」

声がかかって、どきりとした。見れば褐衣《かちえ》姿の兵衛で、腰に帯びた太刀がものものしい。

「あ……」

心の準備はしていたとはいえ、実際に声をかけられるとどきりとする。

「……私たちは、清峰さまの武士《つわもの》でございます」

その証を見せろと言われ、懐の印籠を出す。その手がかすかに震えていることを見咎められはしないかと冷や汗をかいたが、兵衛はそれ以上怪しみはしなかった。

「わくわくするね」

小さな声で、小雁が言った。崇人は彼を睨みつけたが、小雁のあまりに素直な様子に毒気を抜かれてしまう。

「早く、人目につかないところに身を隠さなくては。気をつけ……」

ざざっ、と風が吹く。かすかに甘い薫りがするのは、内裏を飾る木々の花々だろうか。しかし崇人はそれに混じる、はっきりとした薫りを感じ取ったのだ。

(白檀香……?)

その薫りが思い起こさせるのは、四の宮——彼が近くにいるのか。しかし見まわしてもそれらしい姿は見当たらず、崇人は大きく高鳴った胸を押さえた。

それでもなお、悪寒が体を走り抜ける。それは先ほど兵衛に声をかけられたとき以上で、あの比ではない身の震えに崇人は立っているのもやっとだった。

「なにか、感じる」

くん、と鼻を鳴らした小雁が言った。

「いやな匂《にお》いがするよ。なんだか、どきどきする……近づきたくない感じ」

小雁がそう言うのなら、確かに薫りはするのだろう。もちろん白檀香を焚きしめるのは四の宮に限ったことではないから、まったくの別人である可能性もあるのだけれど。それでも奇妙な胸騒ぎは止まらず、震えそうになる声を抑えて崇人は低く言った。

「この薫りを……辿れるか？　どこからやってくるものか、わかるか？」

うん、と小雁はうなずいた。彼は眉根を寄せたまま鼻を鳴らし、先を歩いていく。

「うわぁ、いやだ」

内裏に近づくにつれ、小雁の足取りは重くなっていく。彼は後ろを振り返り、崇人の顔を見てまた先に進むものの、歩調はどんどんゆっくりになる。

「すっごくいやな匂い……なんだか、寒気もする」

四の宮がいるのだろうか。それとも、さらに大きな災いが待っているのか。崇人は、やってきたことを後悔し始めていた。小雁の言うとおり、僧でも陰陽師でもない崇人に、なにができるのか。それでいて、崇人を駆り立てた衝動は今もって動かしがたく胸の奥にあった。

帝のおられる内裏は、この縫殿寮《ぬいどのりょう》を過ぎた先だ。内裏の方角からは、常ならぬ気配が伝わってくる。帝の病の平癒のための、加持祈禱《きとう》が行われているのだろう。

どくどくと鳴る心の臓は、崇人をじっとさせてはおかない。それはなんらかの衝動ゆえなのか。それとも先ほどのように、人目につくことを恐れてか。

「わ、ああっ！」

小雁が叫んだ。慌てた崇人はとっさにその口をふさぎ、勢いよく物陰に引き込んだ。

「どうしたんだ、いったい！」

しかし崇人が小雁の口を強い力で押さえているものだから、彼は返事ができない。もごもごと腕の中で暴れる小雁を解放すると、彼は大きく息をついた。

「ひどいよ、崇人……」

「おまえが、急に声を上げるからだろうが」

見上げると薄暗い中、煤《すす》けた天井が目に入った。立ち上がることができないくらい低くて、饐《す》えた匂いがする。どうやら、どこかの軒下に入り込んでしまったようだ。

「どうした、なにがあった」

「なんだか……急に、髪を引っ張られたみたいな」

小雁は、耳を隠した頭を撫でている。人目につかないであろう場所で落ち着いてみると、崇人の胸の鼓動も大きくなっている。そしてこの饐えた匂いに慣れてみると、やはり薫るのは、白檀香。

頭の上で、廊を行く足音がした。ふたりは呼吸さえ止めて身を固くし、歩く者たちが去っていくのをやり過ごす。

「なにか……、なにか、あるよ。ここ、なんだか変な……怖い感じ……」

崇人は、胸に手を置いた。胸が大きく音を立てている。大きな息を吐けば、心の臓が一緒に出てしまいそうだ。

「ここ……、ここ、だ……！」

小雁が、隠れているはずの耳を動かしたように見えた。彼はいきなり白い手で地面を掘り始める。細い指がたちまち土に汚れたけれど、小雁はそれどころではないようだ。

土は硬いらしく、なかなか掘り進めない。しかし小雁が掘り始めたところは土の色が少し違った。崇人も小雁を助ける。土は長年顧みられずに硬くなったというよりも、わざと上から押し固められたかのようだ。

「わぁ……、あ、ああっ！」

このたび悲鳴を上げた小雁を、崇人は責められなかった。土の中から、覗《のぞ》いたのは。

「……髑髏《されこうべ》……？」

土に汚れたそれは、紛れもなく人間の髑髏《どくろ》だった。汚れてはいるが、埋められてからさほど時間は経ってないであろう。額の部分には、なにやら文字が書かれている。それは空っぽの眼窩《がんか》で、崇人たちを睨んでいるかのようだ。

「これ……賀哩底《カリチ》の、髑髏秘法だよ……」

小雁が、震える声で言った。

「こうやって、呪《のろ》う相手の家の近くに埋めておくんだ。その怨家《おんけ》必ず驚恐《きょうきょう》して安からず……」

もちろん、並みの人の家ではない。しかしここは帝の『家』と言ってもいい場所であり、そこに秘法を込めた髑髏が埋められているなんて。

崇人は、髑髏を手に取った。すると、白檀香がいっそう薫るような気がする。それは軒下の湿っぽさを越えて崇人の鼻腔に届き、崇人はごくりと息を呑んだ。

「崇人……なにするの？」

御所に向かおうと思ったそもそものきっかけ。胸騒ぎ。それは、これだったのか。しかし秋永ならともかく、なぜ崇人にそのようなことが感じられたのか。彼の近くにいることで崇人の感応も磨かれ、鋭くなったというのか。

髑髏を持ったまま、崇人は軒下から出た。小雁がぎょっとしたような声とともに、崇人の袖を取ろうとする。しかし崇人は素早く出ると、背筋を伸ばした。

「ねぇ、崇人。どこに行くの？　そんなもの持って……目立っちゃうよ」

崇人は体に力を込めて、きゅっと下唇を噛《か》みしめる。なにしろ、髑髏を手にしている身なのだ。衆人環視は考えるまでもない。しかしそうあっても動揺を顔には出すまいと、ことさらに強く地を踏みしめる。

土まみれの髑髏を持って歩く姿に、やはりすれ違う者が悲鳴を上げた。ものものしい格好をした兵衛たちまでもが驚いている。

「おい、おまえ……」

かけられた声に振り向いた崇人は、浅葱《あさぎ》の袍《ほう》をまとった文官を見据えた。細い目が特徴的な男に、声高に言う。

「八の宮さまにお目にかかりたい。取り次いでくださいますか」

「は……、八の宮さま？」

男は、細い目を見開いておののいた。その驚きも理解できるものの、今の崇人はその心を推し量るどころではなかった。

「清峰崇人が来たと言えば、わかる。早く……」

崇人は、髑髏を摑《つか》む手に力を込めた。その顎の骨がかちりと鳴って、髑髏もまた秋永を呼んでいるようだと思った。


白一色の、浄衣姿で現れたのは秋永だった。

彼が、これほどに驚いている顔を見たことはない。いつも崇人をからかう微笑を浮かべている彼は、今はその黒い目を見開いて崇人を見ていた。

「崇人……」

問いたいことはたくさんあっただろうに、しかし彼は無駄な質問はしなかった。その視線は、崇人の手が持つものに注がれている。

「秋永さま、これ！　これ、賀哩底の秘法だよね!?」

小雁が声を張り上げる。秋永は、目をすがめてうなずいた。彼は両手を広げると、左手の上に右手を乗せる。右手で強く左手を握り、口を開いた。

「曩《ノウ》謨《マク》囉《ラ》怛《タ》曩《ノウ》怛《タ》羅《ラ》耶《ヤ》、娜《ダ》莫《モ》賀《カ》哩《リ》底《チ》曳《エイ》、摩《マ》賀《カ》薬《ヤク》乞《キ》史《シ》抳《バ》……」

呪は、長く続いた。その間、崇人の手の上で髑髏はかちかちと鳴っている。まるで生きているようだと思ったけれど、不思議と恐怖はなかった。秋永がいるからだろう。崇人自身は賀哩底の秘法というものがどのようなものであるかは知らずとも、秋永がわかっているのならば懸念する必要はなかった。

「……薩《サツ》縛《バ》羯《キャ》麼《バ》迦《カ》羅《ラ》拏《ダ》曳《エイ》、娑《ソ》嚩《バ》賀《カ》」

秋永は、口を閉じた。崇人は大きく息をつく。秋永は髑髏を受け取り、するととても重いものを手放した気分になる。まるで、今まで巨大な岩でも抱えていたようだ。手にしたときは、重いなんて思わなかったのに。

「あ……」

崇人の足が、がくりと崩れる。崇人は泥人形が土に戻るようにその場に倒れ伏してしまい、まわりで驚く声がするのが聞こえたけれど、手をつく力も残っていなかった。

「崇人」

秋永の声がする。彼が崇人の腋《わき》に手をまわし、抱えてくれようとしている。片手しか使えない彼は崇人を抱き起こすまではできなかったけれど、その冷ややかな体温は充分に伝わってきた。

「あき、な……が……、さ……」

呼びかけようと思ったのだけれど、声もうまく形にならない。崇人の瞼は落ちて、そのまま闇の中に吸い込まれていった。


手を伸ばすと、冷たい大気に握り返された。

ひやりとした感覚に、背が震える。それは強い力で崇人を引っ張り、起き上がらせる。

(まだ、眠い)

薄く開いた目には、闇しか入ってこない。崇人は何度も目をしばたたかせて、しかし見えるのは闇ばかりなのだ。

(秋永……さ、ま……?)

頭がぼんやりとする。霞がかった意識をはっきりさせようと首を振るものの、それさえもまどろっこしいくらいに自分の体が自由に動かない。縋《すが》るように冷たい手に体重をかけると、引き起こされた。

しかし崇人は、自分の体が汁粥《しるかゆ》のように形をなさないものであることに気づく。ずるり、と崩れそうになる体を腕は抱き上げ、かき寄せた。抱きしめられることで頼りなかった自分の体が、少しずつ形を持ち始める。

濃く薫る、白檀香。

鼻腔への刺激と同時に頭は、冷水をかぶったように晴れやかに澄み渡った。崇人は繰り返し、何度も目をしばたたかせる。

（……あ）

あたりはなおも闇だけれど、少しずつ目が慣れてくる。ややあって、まわりは完全な黒ではなく、遠くにかすか、光を放っているものがあることに気がつく。ぼんやりと、淡く色づくもの。

崇人はそちらに歩いていこうとして、しかし拘束した腕が離してくれなくて、立ち上がることもできなかった。光には、近づけない。

「はな、して……」

崇人は呻いた。それは掠れた声で、はっきりとした言葉にならない。それがもどかしくて崇人は身を揺すり、すると抱きしめる腕の力は強くなった。

「……っ、う……」

腕は崇人を締めつけ、背には手のひらが這う。それはぞくりとするほどに冷たくて、なおも崇人を覚醒《かくせい》させようとしているのか。崇人は頭を振る。その後頭部に手がすべり、くいと上を向かされた。

あ、と思う間もなく、唇をふさがれる。触れてきた柔らかいものも恐ろしく冷たくて、崇人の全身には、背を撫でられたときよりもさらに大きな怖気が走る。身に絡む腕を振りほどこうとするものの、どれだけ力を入れても逃げられない。

「崇人……」

腕の主は、つぶやいた。その声にどきりとする。その声を知っている。温度の低い、絡みついてくるような声。まるでちろちろと舌を出す蛇に、すべてをからめとられてしまうような感覚。

「四の宮さま……っ！」

崇人を抱きしめているのは、四の宮だ。その手の冷たさも、体温の低さも、粘つくような声音も、彼だと知れば納得できる。

「ここ、は……、なにを、なさったのですか！」

「私が、なにをしたと？」

暗闇で見えないけれど、彼がにやりと笑ったのがわかる。目を凝らせば彼の紅い唇が動くのが見えるような気がした。

「まるで私を、悪人扱いだな。そなたをここで安らがせてやりたいという、私の心がわからぬか？」

「ここは……、どこなのです……」

四の宮の腕から逃れようと、崇人は身を捩った。しかし彼の力は万力のようで、いくら身じろぎしてもびくりともしない。それどころか、暴れようとする崇人を楽しむかのように四の宮は冷たい唇で崇人の頬を辿り、ぺろりと舐め上げて崇人をぞくりとさせる。

「帰して……、秋永さまのもとに、お帰しください」

さも面白いことを聞いたとでもいうように、四の宮がくすくすと笑う。彼は崇人の耳に歯を立てて、しかし逃げることは叶わないのだ。

「それは、無理だな」

耳を辿るように、舌がうごめく。ぞくぞくとした感覚に崇人は呻き、避けようと頭を振るのに、四の宮は嘲笑うような声を上げるのだ。

「同じことを秋永にされれば、そなたは身も世もなく悦ぶのであろうに……」

崇人の頬が、かっと熱くなる。四の宮の胸に手を置いて彼を遠のけようとするけれど、やはりその力は強く、崇人を抱き包んでいる。

「その姿を、私には見せてくれぬのか？　秋永よりも、もっといい思いをさせてやろうほどに……」

「そのような、こと……っ！」

崇人がしきりに頭を振るので、四の宮はそれ以上、崇人の耳にいたずらを仕掛けることは諦《あきら》めたらしい。その代わりに唇は顎に這い、音を立てながら冷たくくちづけられた。また、身の奥からの震えが走る。

「……ぁ、に……が、……っ……」

首筋に、ひやりとする唇が押しつけられる。湧き上がったわななきに崇人の言葉は奪われてしまい、咽喉から洩れたのは喘《あえ》ぎのような掠れ声だった。

「なにが……、無理だと、おっしゃるのですか……」

きちり、と四の宮が首筋を咬《か》んだ。そこには歯の痕《あと》が残っただろう。痛みは全身を伝って、怖気に震いながらも腰の奥の熾火《おきび》を呼び起こされる。

「髑髏秘法を破るには、大呪をもって自身を加持すること二十一遍。召印を結び前後これを取り、密《みつ》に加持すること……しかしそなたは、なんの行をもなすことなく解法をなした」

このたび崇人の背に走ったのは、四の宮の唇の冷たさゆえの悪寒ではない。その言葉が、崇人を恐怖に陥れたのだ。

「知らぬこととはいえ、愚かであったな」

四の宮が、笑いを含んだ吐息をついた。

「ゆえに、そなたの魂《たま》は迷った。こうやって、外法界に堕ちた。俗世にも戻れず迷界にも行けず、虚空《こくう》を漂い続けるだろう」

崇人は、目を大きく見開く。恐る恐る腕を上げてみると、手の境界が曖昧《あいまい》になっているのがわかる。それは確かに自分の手なのに、まるで靄《もや》がかかったかのようにはっきりとしない。まるで、あたりの闇に体が溶けてゆきつつあるかのようだ。

「……私は、どうなるのですか」

咽喉の奥から、無理やりに押し出した声で崇人は尋ねた。ふっ、と四の宮の吐息が濡らされた首筋にかかる。

「どうにも」

冷ややかに、四の宮は言った。

「そなたは、この虚空にさまよえる幽鬼のようなもの。永遠に浮遊する幻。誰もそなたを見ることはできず、誰もそなたを感じることはない……」

「で、すが……、四の宮さまは」

肩口に唇を押しつけられ、迫り上がるぞくりとした感覚をこらえながら、崇人は声を絞る。

「ここに、いらっしゃいます……私が誰にも見られることがないのなら、なぜ、四の宮さまは……」

笑い声の吐息が、唇の痕をすべっていく。自分の体さえはっきりと認識できないのに、快感を受け止める神経だけは敏感すぎるほどだ。

「そなたが愛《いと》おしいから……、では、いけないのか？」

崇人の言葉をはぐらかす四の宮は、声を上げかけた彼の唇に自分のそれを押しつける。ふさがれて、呼吸ができない。

四の宮は、唇を重ね合わせたままささやいた。彼の呼気が、薄い皮膚を刺激する。崇人は、身を震った。

「ここなら、秋永に邪魔されることはないからな。そなたと、私……ただふたりで、永久《とこしえ》を過ごそうぞ……」

四の宮の手が、崇人の体をなぞって腰を撫でる。気づけば崇人はなにもまとっておらず、四の宮の手は易々と崇人の下肢をすべって両脚の間に入り込んだ。

「ほら……このような身になっても、そなたはかわいらしく反応する。私の手を待っていたと見ゆるな……」

「ん、な……っ……」

そのようなはずがない。しかし四の宮の指が絡みつくのは、勃ち上がった崇人の欲望だ。ぬめぬめと濡れた、一本一本が生きた蛇のような指がうごめく。

「は、……ぁ、っ……！」

それは、本当に蛇だったのかもしれない。四の宮はその手の中に白く細い蛇を飼っていて、自らの体の一部のように動かすことができるのかもしれない。

一匹が、ぬるりと這って欲望の先端をくすぐる。絡みついては小さな蜜口《みつくち》につぷりと入り込み、内側の敏感な粘膜を擦った。

「うぁ、あ……っ、っ……」

　崇人は、背をのけぞらせる。蛇は浅いところまで潜り込み、中をかきまわしてきた。ぐちゅ、と音が立ったのは、それだけの愛撫で蜜液をこぼしてしまっていたからしい。崇人は羞恥《しゅうち》に頬を熱くするが、蛇は先端の内部を這いまわってさらに崇人を追い上げ、自身は痛いほどに張りつめる。

　もう一本が、傘の下に這い寄って絡みついた。きゅっと締められて呻くと、蛇はそのまま左右にうごめいた。その微妙な動きが、息の詰まるような快感になる。蛇の鱗《うろこ》の擦れる感覚までもが敏感に感じ取れて、崇人の欲芯はますます硬く力を持った。

「いいな……、その顔」

　舌なめずりをしそうな表情で、四の宮が言う。

「そのような顔を、秋永にも見せているのか？　しかしあれにも、このようなことはできまいて……」

　崇人の膝の裏に、四の宮の手がかかる。ぐいと押し拡げられた。はっとした崇人は、四の宮が自分の両脚の間に顔を埋《うず》めるのを見た。

「や、……ぁ、っ……」

　彼の舌が、幹全体を大きく舐めた。そのあとを追うように、何匹もの蛇が濡れた部分に絡みつく。上下に擦り立て、きゅっと締め上げ、その鱗で擦って刺激して。

　すべてがてんでにばらばらの動きを与えてきて、迫り上がるのはどうしようもない腰の疼《うず》きだ。奥の炎が燃えて、体中を炙《あぶ》られるような快感に崇人は耐えた。

「いつまで、澄ましていられるかな?」

四の宮は、先端に入り込んでいる蛇を引き抜いた。きゅちゅっ、と抜け出た部分からは、透明な蜜が弾ける。それに体の奥が大きくうごめいて、同時に四の宮は紅い唇を開くと、崇人のものをくわえた。

柔らかい唇は、触れるだけで今にも達してしまいそうな刺激になる。そうやって崇人を追い上げるのみならず、四の宮は蛇たちとともに、ねっとりと幹を擦り上げてきた。

崇人の体の中の炎が、大きくなる。彼の口腔《こうこう》は生ぬるく、いつか秋永に同じようなことをされたときの感覚とはあまりに違う。それでいて崇人の性感を知り抜いているかのような巧みな動きに、今も弾けそうになるのを懸命にこらえた。

「ふ、っ……、っ……」

四の宮は、いきなり強く吸い上げてきた。崇人の忍耐など嘲笑うかのような力は、易々と崇人の堰《せき》を破る。どくり、と大きく腰が跳ねた。

「……っ、あ……あ……!」

その口の中で、崇人は放った。全身を貫く衝動。崇人は背を反らせて喘ぎ、つま先までをこわばらせる。四の宮が、ごくりと咽喉を鳴らした。

「……あ、っ……」

飲まれてしまったことに、激しい羞恥が走る。崇人は大きく目を見開き、すると四の宮が顔を上げた。ぺろりと唇を舐めた舌に、白濁したものが絡みついている。

「精気を吸攝し、自家に充実してさらに精室、丹田、命門に巡らし……」

「な、に……？」

「こうやって、そなたの気を私のものにする」

なんでもないことのように、四の宮は言った。

「天闕《てんせき》と命門を緊閉して、脳気を下降せしめぬ」

彼は体を起こす。唇を寄せられると奇妙な味がして、崇人は顔を背けようとした。しかし四の宮は崇人の後頭部を摑むと、そのまま無理やりにくちづけてくる。

「ん、……く……っ……、……」

おかしな味のするくちづけなど、受けたくはないのに。しかし四の宮は、その玲瓏《れいろう》とした外見とは裏腹に、力が強い。単純に腕力があるというわけではないのだろうけれど、崇人は抵抗することもできない。

「そなたがこうやって私の手の中に堕ちてきたのは、なんとも喜ばしいかぎりよ」

崇人の唇に舌を這わせながら、四の宮は笑い声を上げる。

「そなたが手に入るのなら、祖父上のお望みに従って髑髏秘法をなした甲斐《かい》もあったというもの」

四の宮の唇から、箏《そう》の音《ね》のごとき笑い声が洩れた。

「迷うそなたの魂が外法界に堕ちたのは、私の呪ゆえ。私の、髑髏秘法ゆえ。ゆえに私だけはそなたを感知し、そなたは私の手中にある。こうやって私は、そなたから精気を得ることができる……」

ぞくり、と氷を押しつけられたかのような薄ら寒さが体を這う。先ほど崇人が愛おしいからだとからかった四の宮だったけれど、彼がここにいる理由はそれだったのか。そして四の宮が、崇人に求めているものはなんであるのか。

「そなたは、なんの修道もなく験《しるし》を得ることのできる者。秘めた力を持つ者……それを我がものとすることができるとは、なんという僥倖《ぎょうこう》……」

さも楽しげに、嬉《うれ》しげに、四の宮の笑いは続いた。

「秋永などには渡さぬ。そなたは、永劫《えいごう》私のものぞ。この手中に置き、その精気を私のために捧げ……」

四の宮は笑う。それは背筋に怖気を走らせる、あまりにも冷ややかな笑い声だった。

「女二の宮が我がなす穢れを清めるがゆえに、私は都を陰の気で満たしてしまうことができぬ……が、そなたの力があれば。女二の宮の力なぞ、ものの数にも入らぬであろうよ」

（あき、なが……さ、ま……！）

四の宮の冷たい唇を受けたまま、身をこわばらせて崇人は声にならない声を上げる。

（秋永さま、お救いくださいませ。私は……、私は、ここ、です……！）

崇人の背を震わせるのは、四の宮の声、唇、そして告げられた恐ろしい言葉。

「永久に、私のものとしてここにあれ」

（秋永さま、秋永さま……！）

胸の奥で精いっぱいに叫んでも、そのような呼びかけなど秋永に伝わるのか。しかもここは、崇人の知っている世界ではない。それでも叫ばずにはいられなかった。秋永を求めて、声なき声を上げずにはいられなかった。

（あきな、が……、さ……）

四の宮が、崇人の腰に手をまわす。強く抱き寄せられて、さらにくちづけを深くされて。淫らな舌が唇を割って入り込むと、水音を立ててかきまわしてくる。四の宮のなすがままに、この先どうされてしまうのか。

——こぉん、と。狐の鳴き声が響いた。

あたりには、漂う白檀香の薫りを覆い消す、身の蕩《とろ》けるような崑崙方の芳香。

崇人は、目を見開いた。四の宮もくちづけを振りほどくと、黒髪を揺らして振り返る。

崇人も、あたりを凝視した。

『……崇人！』

声がした。崇人は、はっと息を呑む。小雁の声だ。崇人は大きく身を揺すり、四の宮の腕から乱暴に逃れた。そして先ほどから目に入りながらも届かなかった光に向かって、地ともいえない地を走り、小雁を呼ぶ。

「小雁……、どこだ、小雁！」

『こっち！　こっちだよ……』

小雁の声は、大きくなったり小さくなったりする。まわりは暗闇で、頼りになるのはどことも知れない場所で灯《とも》っているあの光だけだけれども。それでも耳に届く小雁の声を頼りに、懸命に地を蹴《け》った。

『崇人！』

大きな声に、崇人は足を止めた。それは秋永の声。それは、あの光の方向から。声は確かに聞こえて、崇人はその場に立ち尽くす。

「秋永さま……」

『崇人、私を助けろ』

崇人は、浅く息を呑む。秋永の姿は見えなかったけれど、崇人はその体温が感じられるように思った。彼が、近くにいる。もう一度息を呑んで、崇人は言った。

「どうすればよろしいのですか……？」

『真言を教える。それを、唱えろ』

すっと、崇人は目をつぶった。すると秋永の声が脳裏に沁《し》み込んでくる。その言葉は、初めて聞いたものには思えない。まるであらかじめ、崇人の脳裏に刷り込まれていたかのようだ。

「……唵《オン》、摩訶迦羅《マカキャラ》、莎訶《ソバカ》……！」

秋永が言うとおりに、崇人は同じ言葉を滔々《とうとう》と綴《つづ》った。最後の音を口にすると、同時にいきなり目の前が明るくなり、思わず目をつぶる。

再び開けた視界に見えたのは、憤怒の表情をした見上げるばかりの大きな姿——肌は青く髪は逆立ち炎のごとく。三面六臂《さんめんろっぴ》にてすべての顔には三つの目がついている。手にはそれぞれ太く禍々しい色をした蛇、餓鬼の髪、羊の角を握り、首からはいくつもの髑髏を連ねた飾りを下げていた。奇妙な革の衣をまとっていて、腥《なまぐさ》さがあたり一面に立ち上っている。

「……な、んだ……？」

崇人は、思わず後ずさりをした。九つの目はぎろりと崇人を見て、そのまなざしに見据えられると身動きさえも奪われた。

「……大黒天」

呻ったのは四の宮だ。崇人は思わずそちらを見、背後に立っていた四の宮が今までに見たことのない表情をしていることに驚く。

いつも冷ややかな微笑の浮かんでいる口もとは開き、ぎりぎりと歯を食い縛っている。

目はかっと見開かれ血走って、明らかな怒りが浮かんでいた。

その表情は、常の四の宮の怜悧《れいり》な美貌《びぼう》を損なっていた。ひと目には、彼だとわからなかったほどだ。

「大黒天の、召喚だと？　……小癪《こしゃく》な」

大黒天が、大きく身震いをする。すると首からかけた連なる髑髏がかちかちと音を立てた。その音に四の宮が息を呑む。大黒天の、つり上がり瞠視《どうし》した九つの炎のような瞳《ひとみ》が、四の宮を睨んだ。

しかし四の宮は怯んだ様子もなく、素早く人差し指と中指を伸ばし、合わせる。立てた指を佩《は》いた刀を抜くように振り上げると、矢継ぎ早に空《くう》に線を描いた。

「臨兵闘者皆陣烈在前！」

大黒天はなおも四の宮を睨みながらも、しかし彼の唱えた呪のせいか、近づくことはできないようだ。筋肉が隆々と浮いた足を踏み鳴らすものの、四の宮のまわりには透明な壁でもできたかのように大黒天を寄せつけない。

双牙《そうが》の鋭い口を開いて、大黒天はあたりに響き渡る大音声を上げた。するとその恐ろしい形相はますますの迫力を増し、崇人は思わず一歩後ずさりをする。

「早九字を切ったな」

声が聞こえて崇人は、はっとした。見れば、浄衣姿の秋永が隣に立っている。その横には、耳としっぽを出した小雁もいる。小雁は崇人を見て、場違いなほどに笑って手を振ってきた。

「……あ」

崇人は、慌てて胸もとに触れる。手には、布の感覚があった。いつの間にか崇人はまとい慣れた直衣《のうし》姿で、乱れたところなどどこにもない。先ほど四の宮にもてあそばれたときは、なにひとつ身につけていなかったのに。

秋永が、手を伸ばしてくる。それは崇人の右手を取って、ぎゅっと握りしめてきた。

「秋永さま……、どうして、ここに……？」

「話はあとだ」

秋永は、崇人の手をしっかりと握っている。空いた右手の指を立て、口もとに寄せると素早くつぶやいた。

「蘇婆爾蘇婆《ソバニソバ》、吽《ウン》、縛曰羅《バサラ》、吽發吒《ウンハッタ》」

大黒天の、六臂の内の一本が動く。握りしめた餓鬼の髪を放り出し、地面に落ちた餓鬼は、ぎゃっと悲鳴を上げた。

四の宮は先ほどのように指を立て、新たに早九字を切ろうとしたらしい。しかし大黒天の手が一瞬素早く、四の宮の右手首を摑む。鋭く尖った爪が、四の宮の青白い血管の浮いた手の付け根に食い込んだ。赤い血が、一筋したたる。

見上げるばかりに大きな大黒天の前では、四の宮は無力に見えた。大黒天の大きな足なら、四の宮など軽々と踏みつぶせそうだ。

しかし四の宮は、驚くほどの勢いで手をふりほどいた。ぱっと、鮮血が散る。それを浴びながら四の宮は、左の手のひらを丸めた。それをさっと、口もとにすべらせる。

「南莫《ナモ》、三満多《サンマンタ》、没駄南《ボタナン》、訖利《キリナ》、訶《カ》、莎訶《ソバカ》！」

四の宮の声が、果てしない空間に朗々と広がった。それはきぃんと余韻を残し、それほど大きな声だとは思わなかったのに耳に焼きついて離れない。

「ばかな……」

呻ったのは、秋永だ。四の宮を前にした大黒天の姿が、消えていくのだ。まるでその体を靄が包むように、恐ろしい形相も炎のような髪も、なにもかもが視界に薄くなっていく。

「大黒天を……還《おく》っただと……？」

なにごとが起こったのか、崇人にはわからない。自分の手をしっかりと摑んだままの秋永を見やると、彼は大きく目を見開いて消えていく大黒天を見つめている。

「そなたごときの技が」

ふん、と小さく笑った四の宮が、崇人を見やる。その表情は、いつもの彼のものに戻っていた。すべてを見下すようなまなざしは、空に散った血しぶきを浴びた白い顔にあって不気味に黒く輝いた。

「沿え星の力がなければならぬ技など、いかほどのものか。しょせん陰陽師ごときが、外法界で力を使うなど不可能だと知るがいい！」

四の宮は、法衣の袖をぱっと翻す。それは一瞬彼の顔を隠し、彼が手を下ろしたときには、血しぶきに汚れた顔はもとの白さに戻っている。まるでなにごともなかったかのように、四の宮は崇人たちに視線を向けた。

しゃああ、と声がする。小雁が耳としっぽの毛を逆立てて、歯を剝《む》いていた。しかしそれは、四の宮の視界には映っていないかのようだ。

彼は秋永に向けて目を細めると、その目を崇人に向けた。絡みついてくる蛇のような目つきに、崇人はぞっと背を震わせる。

「……千早ふる爰《ここ》も高天原なり、集まり給え四方《よも》の神々」

秋永の手は、素早く動いていた。彼の口にするのは叡山にて女二の宮が朗したのと同じもので、彼は歌を口早に吟ずる。

「幣立《ぬさたし》て此処《ここ》も高天原なれば、集まり給え四方の神々……」

その歌はあまりにも早く、すべてを聞き取ることはできなかった。彼はなおも、神向《かみむかえ》の歌を続けた。そして新たな呪を口にする。

「南《な》無《む》本尊《ほんぞん》界《かい》摩《ま》利《り》支《し》天《てん》来臨《らいりん》影向《えこう》其《き》甲《こう》守護《しゅご》令《し》給《たま》え！」

組んだ秋永の手もとから、目に見えない力のようなものがほとばしる。それを確かに、崇人は感じた。陰陽師でもなんでもない崇人が感じることができたというのは、やはりここが常ならぬ世界であるからなのか。

それが、四の宮を目指して宙を飛ぶ。しかし彼は広げた手を目の前に構えていて、やはり口早になにごとかをつぶやいた。

「唵《オン》、枳利枳耶羅《キリキヤラ》、波羅波羅《ハラハラ》、聞駄羅吽《フラタン》、嚩曾津《バソツ》、莎訶《ソワカ》」

ふたりの手もとから逆巻くように流れ出た力が、ぶつかる。それはぱぁんと弾けて、あたりを太陽が落ちたのかと思うほどに明るくした。あまりの眩《まぶ》しさに、崇人は目をつぶる。肌を焼くような熱が起こり、崇人の足もとはおぼつかなくなった。よろり、とよろけた体を支えてくれたのは、小雁だった。

「危ない。近づかないほうがいいよ」

「し、かし……」

自分は、秋永の沿え星なのだ。先ほど、四の宮も言っていたではないか。沿え星の力がなければ、と——逆に言えば、沿え星があれば秋永の力は増すはずなのだ。

「私に、できることはないのか……?」

「ないことは、ない、けど」

秋永と四の宮の力は、拮抗《きっこう》しているようだ。ふたりはそれぞれに印を結んだまま、目をつり上げて互いを睨んでいる。唇は引き結ばれている。相手の少しの隙《すき》を見逃さないとしているようだけれど、ふたりとも油断など一片もないことは、崇人にも感じられるほどだ。痛いほどの緊張の中、小雁が思い詰めたような声音で言った。

「反閇《へんばい》を踏むんだ。崇人にならできる」

崇人は反閇、と繰り返した。悪星を踏み、吉を呼び込むという陰陽師の技だ。しかし実際には見たこともなく、当然踏みかたなど知らない。

「ぼくの言うとおりにして。まず、正立。右足を前に、左足を後ろに。次にまた右足を前。これに左足を沿わせて、右足をまた前に一歩」

崇人は、言われたとおりにした。崇人にしてみれば、ただその場で歩いただけだ。しかしかっと足もとが熱くなり、思わず慌てて飛び退《の》いた。

「……っ、あ……っ！」

睨み合っていたふたりが、同時に一歩後ろに後ずさりをした。大きく膨らんだ蹴鞠《けまり》の鞠が、破裂したような衝撃がある。恐ろしいほどの緊張が途切れ、ふたりは肩で息をしていた。

「反閇、だと……？」

荒い呼気の中、声を上げたのは四の宮だ。そのこめかみから、汗がひと筋伝う。それは常の四の宮には決してない姿で、崇人は驚いて彼を見る。

「そこまでの力を、身につけたというか？　すでに、雛ではないと……」

四の宮は燃え上がるような目で崇人を見やり、足早に近づくといきなり手を突き出してきた。その手を、とっさに腕を伸ばした秋永が遮る。しかしそれよりもほんの一瞬、四の宮の手のほうが早かった。

「あ、っ……！」

崇人の左胸に、彼が触れる。それは軽く触れただけだと思ったのに、その指先が胸に埋め込まれて驚いた。四の宮の手は袍を通して崇人の胸部にずるりと入り込み、傷のついた手首までが埋まってしまったのだ。

「なぁ、……っ……!?」

「崇人！」

秋永が叫ぶ。体の中に、手を突き込まれている——しかし痛みはまったくない。ただ、埋まり込んだ手がうごめくのが気味悪く感じるだけだ。

じゅくり、と音がする。四の宮は手を引き出した。連なって、赤いしずくが弾け飛ぶ。崇人の袍が、血に濡れる。

四の宮の手には、赤く丸いものがあった。崇人はそれを瞠目《どうもく》して見、赤いものがうごめいているのを知る。どく、どく、と、それは生きているかのように鼓動を刻んでいた。

「あに、うえ……っ……」

秋永が呻いた。崇人はといえば、体に穴が空いた奇妙な感覚に耐えがたく、その場に座り込んでしまう。

本当なら、そのようなことをされれば死んでしまうだろう。それなのに崇人の意識がしっかりとしているのは、ここが人ならぬ世、外道界であるからなのか。

「しっかりして、崇人！」

崇人の背を、小雁が支えてくれる。それに少し安堵したものの、しかし自分の身に起こった奇妙な感覚からは逃れることができない。

「それほどの道者のものであれば、その人黄はさぞかし美味であろう……」

四の宮が、崇人の胸から引き出したものに唇を押しつけるのを、唖然と見つめる。彼はそれに何度か唇を這わせ、いきなり白い歯を立てて囓《かじ》りついた。同時に、崇人の胸にすさまじい痛みが走った。

「う、あ……あ、ああ、っ！」

「崇人！」

じゃくり、じゃくりと四の宮は赤いもの――崇人の心の臓を食らった。そのたびに声を上げずにはいられない、とてつもない苦痛が走り抜け、崇人はのたうった。

「兄上……、なんと、いうことを……！」

秋永の、唸《うな》る声が聞こえる。痛みの中、崇人は懸命に目を開ける。激痛に視界は霞むもののの、それでもその光景は、はっきりと目に映った。

「あき、な……が、さ……、……」

崇人の心の臓を食らう四の宮の前、秋永の全身から白い靄のようなものが上がっている。それは秋永の全身を包み、その中で、彼の姿が変わっていく。

なにかが弾ける音がして、秋永の髪がほどけた。それは先ほど見た大黒天の髪のごとく燃え上がる。同時に、ぴんと立ったもの――耳だ。小雁の耳のような狐のそれが見える。しかし小雁のものよりも大きくずっと立派で、力強く見えた。

秋永の下肢からは、太い尾も生えている。すべての毛が逆立ち、炎のように湧き上がる靄の中、それは本当に崇人の知っている秋永なのか。

崇人は、心の臓に歯を立てられる痛みも忘れて、その一幅の絵のような――それでいてあまりにもすさまじい魄力《はくりょく》の込められた光景を、見た。

「訶《カ》、っ――っ！」

秋永が、大声で叫ぶ。四の宮はすべてを食らいつくし、血に濡れた手のひらを舐めながら彼を見やった。その目が、ぎろりと見開かれる。

「茶吉尼天の種子《しゅじ》を……、どうするつもりだ」

「兄上の食らった崇人の心の臓は、返していただきましょう」

そう言う秋永の口もとには、双牙が見え隠れする。見れば手の爪は長く、尖っている。

立ち上る靄のせいではっきりとは見えないけれど、肌は一面長く白い毛に覆われ、まとう

浄衣を脱げばそこにあるのは、一匹の白狐《びゃっこ》――。

秋永は、口を開いた。尖った牙《きば》が、ぎらりと光る。続けて彼は左の手のひらを丸め、同じく四の宮も同じ印相を取る。ふたりの口から、同時に同じ真言が弾け出た。

「南莫《ナモ》、三満多《サンマンタ》、没駄南《ボタナン》、訖利《キリナ》、訶《カ》、莎訶《ソバカ》――!」

それはあまりにも大きく広がって、あたりをびりびりと震わせる。大音声が体に響く。崇人は痛みに呻きながらも、目の前の光景から目が離せない。

素早く印を結び変えたのは、秋永だった。それはあまりに素早くて、彼は二本以上の腕を持っているのではないかと思ったほどだ。

秋永は小指と薬指を立てほかの指を組み合わせ、聞こえるか聞こえないかの声を綴る。

「唵《オン》、摩訶迦羅《マカキャラ》、莎訶《ソバカ》!」

それは、秋永に教えられて崇人も唱えた、大黒天の真言だ。四の宮が、大きく目を見開く。血にまみれた口もとを引きつらせたその背後に、秋永に負けず劣らず巨大な狐が現れ、それが空を飛んでいるのが見えた。

飛ぶ狐の背には、領巾《ひれ》をまとった長い黒髪の美々しい女が乗っている。しかし続けて先ほども見た青い肌の巨人が現れ、大きな手で女の後ろ髪を引っ張った。

女は悲鳴を上げ、くずおれるように狐から落ちる。しかし狐は女を振り返ることもなく、重い荷物を下ろしたとでもいわんばかりに空中で弧を描いて飛行した。それはなおも全身から靄を燃え上がらせている秋永の肩の上に乗ると、こぉん、とひと声鳴く。

「あ、……？」

その声に、覚えがあると思った。狐の鳴き声などどれも同じだろうに、聞き覚えがあると思ったのは——崇人は苦痛に呻きながら小雁を呼ぼうと振り返り、しかし自分を支えてくれていたはずの小雁の姿がない。

「こ、……か、り……？」

大きな音がした。なにかを踏み鳴らすような音。見れば、大黒天がなにかを踏んでいる。それは先ほど狐から落ちた女で、黒髪を振り乱して苦しんでいるのだ。

同時に、呻く声がする。それは地面に片膝をつき、肩で呼吸をしている四の宮だ。苦しげな息を吐くその口もとから鮮血をしたたらせているさまは、大黒天の威圧感に勝るとも劣らない。

「そなた……、我が、本尊を……！」

「私の方術が、勝《まさ》ったようですね」

言ったのは、すっかり白狐のごとき姿に変化《へんげ》した秋永だ。彼の手は、肩に乗った小さな狐を撫でる。その狐はまるで猫のように、秋永の頬に身をすりつけた。

「大黒天は、荼吉尼天に過ぐること無量の大身をもって示現し、それは命尽くるときに至りて取り食らうことを許され、道に入ることを得たり……」

崇人は、その光景を唖然として見ている。秋永の姿は、狐だったのが徐々にもとの彼の姿に戻っていく。

「しかし兄上は、生ける者の肉を食らった。茶吉尼天に許された道を外れた。……茶吉尼天は、すでにあなたに伏してはいないのです」

秋永は、摩《マ》、と叫ぶ。すると大黒天と、その踏みつける女の姿が消えていく。彼は手を伸ばし、膝をついて荒い息をしている四の宮の胸もとを摑んだ。

「崇人の心の臓を、返していただこう」

そう言って秋永は、四の宮の左胸に手を突き込む。四の宮が大きな声を上げて呻いた。それにも構わず秋永は、先ほど四の宮がそうしたように手を埋め込む。すると四の宮の黒い衣に、じわりじわりと血が滲んでいっているのがわかる。

じゅくり、と音を立てて、秋永は四の宮の心の臓を引き出した。大きく見開き血走った四の宮の目が、飛び出さんばかりにますます開かれる。その胸に、ぽっかりと穴が空いた。

秋永は振り返る。その手に真っ赤な、どくどくとうごめくかたまりを摑んでいるさまは異様だったけれど、その目も口もとも手も、崇人の知る秋永に戻っていた。

「崇人」

見間違いようがない、確かに秋永が目の前にひざまずく。肩の狐はぴょんと飛び降り、ぱたぱたっとしっぽを振ると、小雁の姿に変化した。

「わ、わわっ！」

裸の小雁が慌てるのをかたわらに、秋永はうごめくものを崇人の左胸に差し出す。そこは、先ほど見た四の宮同様穴が空いていたけれど、秋永が赤いものを埋め込むと大きくひとつ鼓動した。

「あ、……っ、……」

痛みが治まる。あるべきものがもとの場所に戻ったような安堵。崇人は、息をつく。そんな彼に秋永は微笑み、ゆっくりと立ち上がった。

彼は振り向き、膝をついたまま苦痛に顔をゆがめている四の宮を見る。彼は空洞になった胸もとを押さえ、血走った目をつり上がらせて秋永を睨んでいた。しかし印を結ぶどころか、立ち上がることもできないらしい。

秋永は、低く口早になにかを口走る。彼の唱えた呪に、四の宮は目を開いた表情で凍りついた。指ひとつ動かさず、肩にかかった髪でさえ一本たりとも揺らぐことはない。

崇人は、よろよろと立ち上がる。血染めの袍の胸もとを押さえながら、秋永の隣に立つ。水干を身につけた小雁も駆け寄ってきて、三人はその場に彫像のようになってしまった四の宮を見た。

「兄上は、この外法界に閉じ込めておくのがいいだろう」

大きく息をついた秋永は、言った。目の前の四の宮は、目を開いてこちらを見ている。

彼が今にも立ち上がり、またなにかを仕掛けてくるのではないか——崇人は思わず秋永に身を寄せ、その肩を秋永が抱いた。

「案ずるな。兄上は、もう害をなさない」

本当だろうか、と崇人は秋永を見る。目が合うと、彼はにこりと微笑んだ。いつもの彼の笑みに安堵を感じるものの、しかし心底から解放された気にはなれない。

そんな崇人の不安を汲《く》み取ったかのように、秋永は言った。

「兄上は荼吉尼天を本尊とし、その神変法を身につけておられた。しかし大黒天が荼吉尼天に許された律を破って、生きた人間の肉を食らい……ゆえに、力を失われたのだ」

ぞくり、と崇人の背に悪寒が走る。思わず胸もとを押さえた。その奥では、心の臓がどくりどくりと鼓動を打っている。崇人に、自分が生きていることを実感させてくれる。

「し、かし……」

胸に手を当てながら、崇人は震える声でささやいた。

「この、外法界……私は四の宮さまの呪によって、ここに来たと……。その四の宮さまを封じられたとなれば、いったいどうやってもとの世界に戻るのですか……?」

目もとをわななかせる崇人に、秋永は微笑む。彼の手は崇人の体にまわされ、いきなり抱き上げられて崇人は悲鳴を上げた。

「な、なにを……、秋永さま、っ!」

「おまえに、いいものを見せてやろう」

　ふわり、と体が浮き上がったような気がした。しかしあたりは暗く、抱え上げられた崇人は本当に浮いているのか、それとも秋永が自分を抱えて歩いているだけなのかわからない。

　ひょい、と小雁が崇人の顔を覗き込んでくる。彼は秋永の肩に摑まっていた。その体は宙に浮き、ひょこひょことしっぽが揺れているのが見える。

「離れるなよ、小雁！」

　はいっ、と元気な返事がある。秋永は、足もとを蹴った。

「わ、……あ、っ……」

　ふわり、と体が浮き上がるのがわかる。足もともおぼつかない闇の中だけれど、確かに崇人は地から浮いた。自分の体の頼りなさに思わず秋永にしがみつき、すると秋永が声を立てて笑う。

「おまえは、私の沿え星だ」

　四の宮の姿が、遠くなる。秋永に抱き上げられて、崇人はどこ知れぬ空を飛んでいる──まるで鳥のように。そんな自分の発想にどきりとして、崇人は秋永を見た。

「おまえがいれば、私はどのような呪も使うことができる。おまえがいれば、私に不可能はない」

そんな、と崇人は言葉に詰まる。そんな崇人を見やって、秋永はにやりと笑った。

「四の宮の兄上は、さすがに荼吉尼天を使役するだけあって強大な力の持ち主であられたが……その兄上も、今ではあのざまだ」

崇人は、視線を下に向けた。もう、四の宮の姿は見えない。その代わりに目に入ったのは、輝くたくさんの大小の光。無数の螺鈿《らでん》を空に放り投げれば、このように光るだろう。その中でもひときわ大きいのは、なにか青い、丸いもの。それが足もと遠く、眩しいほどの光を孕《はら》んで輝いている。

(なんだろう、あれは)

秋永の力強い腕に包まれたまま、崇人は考えた。

「宇宙というものを知っているか、崇人」

崇人の思考を破るように、秋永は言った。崇人は彼を振り返り、少し考えて、うなずく。

「四の宮さまが、おっしゃっておられました。女二の宮さまは、お体に宇宙を飼っていらっしゃると……」

ああ、と秋永がつぶやいた。彼が少し顔をゆがめたのは、四の宮の名が出たからかもしれない。

「宇とは、天地四方上下。宙は、往古来今。空間と時間、すべてを包する限りなきものだ」

四の宮に聞いたときと同じく、彼の言葉はよくわからない。崇人が不可解に眉をひそめたのを見たのか、秋永は笑った。

「そのような大きなものの中で、己の属する派がどうだの、出世や身分がどうなどと……騒ぎ立てるも愚かなこととは思わぬか」

「……人には、それぞれ思うところがございますから」

秋永が、なにを言いたいのかわからない。なおも眉間《みけん》に皺《しわ》を刻みながら、崇人は思ったことを素直に言っただけだった。

声を上げて、秋永は笑った。なぜ彼が笑うのかもわからなくて、崇人はますます困惑する。

秋永が、そんな崇人にくちづけてきた。唇を寄せられて驚いて、反射的に彼から首を逸《そ》らして目を落とす。また、青く輝く丸いものが目に入った。

「秋永さま……、あれはなんでございますか」

「ふん。誤魔化《ごまか》しのうまいやつだ」

ふん、と小雁が秋永の真似をする。秋永は目を細めて、小雁の頭を撫でてやった。

「あれは、私たちの住む星。私たちが命を永らえることを許された、大地だ」

「星……？」

崇人は、思考を巡らせた。知っているかぎりの知識で、秋永に応《こた》えようとする。

「巨門星《きょもんしょう》や、貧狼星《たんろうしょう》といった、そういう星ですか……?」

ああ、と秋永は答えた。

「それらも、星には違いないな。そう、私たちが住むのは、数えきれないほどたくさんある星のうちのひとつ。その中の、ほんの狭い一箇所だ」

崇人の言葉は、謳《うた》うようだ。

「星でさえ、無数に存在するのだ。私たちが住む場所など、実に限られた小さな一部でしかない……」

秋永の言うことは、崇人には理解しがたかった。それでも彼の意図するところを汲み取ろうと——同時に、その青く丸いものがどんどん近づいてくるのがわかる。

「秋永さま、あの丸いものが、大きく……」

「もといた世界に、戻るのだ」

ひゅっ、と冷たい風が吹いた。それは乱れたままの秋永の髪を、そして崇人の鬢をふわりとなびかせる。

「戻っても、驚くなよ。おまえはすでに、今までのおまえではないのだからな」

「それは、私が秋永さまの沿え星だからですか……?」

まるで高いところから飛び降りるように、袍の裾がぶわりと大きく膨らむ。青く丸いものが、どんどんと近づいてくる。

「いいや」

髪を乱した秋永は、言った。髪も結わず烏帽子もかぶらず、それは奇妙な姿であるはずだった。しかし崇人の目には好ましく、美しく映る。

「沿え星というのは確かにそうだが、すでにおまえは、沿え星という域を超えている。この、外道法に入ることができたのだからな」

そして秋永も、崇人の呼びかける声に引き寄せられて外道界に入ったのだという。

「おまえの、爐中火の定めのままに……陽の気がこれ以上ないくらいに盛んに、燃え上がっている……」

彼の姿は野生の動物の自由、気ままな生きものの美しさに見えて、崇人は見とれた。秋永の姿など、今までいくらでも見てきたはずなのに。

「おまえは、すべてが私のものだ」

崇人の体をしっかりと抱いて、秋永は言う。

「このちおまえは、離れることなく私とともにある。永遠に……わかたれるべくもない、ふたつでひとつの星なのだ」

崇人は、絶句した。そんな崇人を見て、秋永は笑う。くすくすと、小雁が笑う声も聞こえる。

「ほら、もう着く」

秋永の言葉とともに、急に目の前が眩しくなった。崇人は思わず、目をつぶる。感じるのは、瞼を通しての強い光。自分の体を抱く秋永の強い手。そして、なにかに吸い寄せられるような感覚。抗うことのできない、強い力――。


はっ、と崇人は目を開いた。

崇人は地面に座り込んでいる。まわりにはたくさんの兵衛がいた。かたわらには、耳としっぽを隠した小雁が。そして目の前には、浄衣姿の秋永がいる。彼の髪はきっちりと結い上げられていて、烏帽子をかぶっていた。

まわりの建物は、見慣れたものばかりだ。ここが大内裏の中であることは疑いようがなく、崇人は何度も目をしばたたかせた。

(……夢?)

崇人は、唖然とした。どこ知れぬ場所で、四の宮にもてあそばれて。そこに秋永が現れて、救ってくれた――狐の姿に変じた秋永。そしてあの、青くて丸いもの。すべては、幻であったというのか。

「崇人。もう、離してもいいぞ」

そう言われて、崇人は自分の手もとに目をやる。そこには髑髏があった。ぎょっとして肩を引くと、髑髏がころころと地面に転げ落ちた。

「賀哩底の秘法は、解いた。それはもう、ただの髑髏だ」

秋永は髑髏を拾い上げる。ふっと息を吹きかけて土埃《つちぼこり》を払うと、崇人に目を向けた。

「清涼殿に向かうぞ。身なりを整えろ」

「え……、清涼殿、ですか……？」

帝の常の御座所で、公事《くじ》が行われる場所である。崇人も殿上人ではあるが、内裏に上がったことはない。ましてや、清涼殿など。

「帝のお悩みは、この髑髏にかけられた秘法ゆえ。それを見つけ出したのはおまえだ、崇人」

「そう、なのですか……？」

崇人の記憶にあるのは、ただ四の宮に振りまわされて自分はなにもできなかったということばかりだ。困惑に、崇人はなんと言っていいものかわからない。

「し、かし……」

崇人は、自分の出で立ちを見まわした。薄汚れた水干に、裸足に緒太。確かに、この姿で清涼殿に——帝の御前に出るなど、想像もできない不作法だけれど、それにしてもなぜ、自分が。

「早くしろ。帝は、おまえに会いたいとおっしゃっておられる」

戸惑いに唖然としたままの崇人に、苛立ったように秋永は言った。

「帝をお待たせするつもりか？」

「い、……え、……」

なおも困惑する崇人の手を、小雁が取った。早く、というように力を込められて、ようよう崇人は立ち上がった。

「早く。こっちだよ」

小雁に手を引かれる。崇人は縫殿寮に連れていかれると、待ち構えていたような女房たちに取り囲まれる。女たちはこの薄汚れた男を着飾らせるという仕事を前に勢い込んでいるようで、崇人は怖《お》じ気《け》づいて後ずさりをした。

水干を引きむしるように脱がされ、小袖を着つけるところから始められる。女房たちの鮮やかな手並みによって垂纓《すいえい》の冠をかぶらされ、平絹の下袴《したばかま》、紅の菱文様《ひしもんよう》の単衣《ひとえ》、八ツ藤の丸紋の表袴。白に蘇芳《すおう》裏の下襲を着せられる。

緋《ひ》色の袍を着つけられると、石帯《せきたい》を締められ魚袋《ぎょたい》をつけられる。懐紙に挟んだ檜扇《ひおうぎ》を懐に入れられ、笏《しゃく》を持たされた。

平緒をつけられ、沓靴《くつ》を履かされるときには、崇人の息はすっかり上がっていた。重く重ねた裳唐衣《もからごろも》をまとう女人も、ここまで荒い息を吐きはしないだろう。女房たちは、満足げに自分たちの仕事を見やっている。

すっかり殿上人としての身なりを整えた崇人は、女房たちに背を押されて、縫殿寮を出る。階を下りたところに、やはり束帯に身を包んだ秋永がいた。

轡《くつわ》唐草《からくさ》文様の黒の袍をまとっているところから、今の彼は陰陽師ではなく皇子《みこ》なのだ。もちろん、そうでなくては清涼殿に上がることは許されないのだけれど。

「ほぉ。見られるようになったではないか」

秋永はいつもの冷やかすような笑みを見せ、かたわらの小雁もくすくすと笑った。

「……秋永さまこそ、お似合いです」

皮肉でそう言ったつもりだったのだけれど、秋永はにやりと笑う。わかっている、とでもいうようなその表情に、言わなければよかったと後悔した。

「あ……」

崇人は、小さく声を上げた。秋永の袍の左袖が奇妙に膨らんでいることに気がついたのだ。なにが入っているのか、と問う前に秋永は歩き出してしまい、それがなんなのか聞きそびれてしまった。

随身たちを伴って、内裏に至る玄輝門《げんきもん》をくぐる。しかし小雁は足を止め、秋永に「いらせられませ」と頭を下げた。さすがに小雁は、内裏に通ることを許されてはいないらしい。彼がいないことに、少しばかりの心細さを覚える。

行く道にある者がすべて、頭を下げて秋永たち一行を送った。水干姿で達智門をくぐろうとして止められたときとは大違いだ。皇子が通るのだからあたりまえといえばあたりまえだけれど、崇人は自分がここにいていいものかという思いにとらわれたままだ。

後宮を通り抜けるときは、さらに緊張した。御簾の向こうから、ひそひそと話し交わす声が聞こえるからだ。八の宮さま、と耳に届いた名に、女房たちが秋永を話題にしていることがわかる。それになにやらむっとしたけれど、秋永が崇人を振り向いてまた唇の端を持ち上げたことに、ますますむっとした。

しかしそれも、弘徽殿を通り抜けるまでだった。いざ清涼殿に通されてみると、緊張は一気に高まった。南の昼御座《ひのおまし》にいたのは、黒の袍をまとった殿上人ばかりだったからだ。

黒といえば四位以上。崇人は顔を見たことはないけれど、上座にある者が太政大臣に右大臣、続けて内大臣に大納言中納言と、秋永と関わり合いになることがなければ崇人など顔を見ることなどなかったであろう重鎮たちであることがわかる。

大臣たちばかりではない、殿上の間には紫に緋、さまざまな色の束帯をつけた男たちがいて、皆が崇人を凝視している。

「崇人。こちらだ」

秋永に手首を摑まれ、引きずられるように崇人が座らされたのは、昼御座の東廂、帝の座所に最も近い上席だ。昼御座がざわりとした。崇人は慌てる。

「な、なぜ私が、このような場所に……」

「なんだ、不満なのか」

眉根を寄せて、秋永が言った。不満も不満、緋色の袍の者がいていい場所ではない。

「私は……、このような場にあっていい者ではありません、から……」

「それは、ならぬ」

秋永は、ぴしりとした口調で言った。いつもの人を食ったようなもの言いはどこへやら、声高のそれは、この場にある者すべてに聞かせようというような調子だった。

「おまえは、主上のお悩みを取り除いた功績ある者。もっとも上つ場所にあるべき者だ」

「そ、んな……」

それは、あの髑髏を発見したことを言うのだろう。しかし実際に見つけたのは小雁であるのだから、崇人が手柄顔をしていいはずがない。

「いいから、座れ。帝の御命だ」

帝の命令とあれば、従わないわけにはいかない。崇人は諦め、倚子《いす》に座り直す。まわりの視線が恐ろしい。思わず身をすくめると、伸びてきた秋永の手が、崇人のそれを摑んだ。

「堂々としていろ。隙を見せると、つけ込まれる」

「……え」

どういう意味か、と問い返そうとしたとき、声が響いた。帝の御出座を告げるそれに、崇人の背がぴんと伸びた。

五段高いところにある帝の御座所には、御簾がかかっている。その向こう、衣擦れの音がして、帝がおいでになったことがわかった。

「皆、心配をかけたな」

涼やかに、帝の声が響く。まさか生きているうちに帝の声を直接聞くことがあるとは思わなかった崇人は、ただただ身を固くして緊張するばかりだ。

「このとおり、予は平癒した。今ではあの悩みが、嘘《うそ》であったかのようだ」

「それは、ようございました」

言ったのは、右大臣だった。その声に帝の回復を心の底から喜んでいないような気配を感じたのは、崇人の気のせいだっただろうか。

「及ばずながら、我らも祈禱をさせた甲斐もあるというもの。主上のお悩みは、我らの悩み。帝が病褥《びょうじょく》においでの間は、生きた心地もしませなんだ」

秋永が、目だけを動かして右大臣を見た。その目つきに崇人は、宮中に渦巻く権の争いを思い出す。

太政大臣と、右大臣。対立するふたりが揃うこの場所で、いったいなにが起こるというのだろう。崇人が呼ばれたのは、あの髑髏のことに関してに違いないのだから。

「右大臣。そなたの忠義、喜ばしく思うぞ」

帝は静かに仰せられる。その口調もまたどこか、よそよそしく感じたのはなぜだろうか。

崇人は自分が特に勘の鋭いほうだとは思っていなかったけれど、なぜかこの場所に漂う奇妙な雰囲気を感じ取ることができる。

それは、陰陽師である秋永のそばにいるからだろうか。彼とともにあることで、その不可思議な力に影響を受けてでもいるのだろうか。

「して、八の宮」

帝の声が、秋永に向いた。崇人はどきりとしたけれども、秋永は涼しい顔をしている。

「予の悩みについて、申す議があるそうだな」

「さようにございます、主上」

秋永の言葉に応えたように、するすると御簾が上がる。そこには黄櫨染《こうろぜん》の御引直衣《おひきのうし》の男性がいた。御年はすでに四十の賀を迎えられているはずであるが、髪も顎髭《あごひげ》も黒々と若く、せいぜい三十ほどにしか見えなかった。

崇人は、慌てて顔を伏せる。不覚にも、帝の顔をまじまじと見てしまった。いくら清涼殿に入る許しを得たとはいえ、直接顔を見るなど畏れ多いことだ。

「そのほう……清峰崇人と申したか」

「おおせのとおりにございます」

答えたのは秋永だったけれど、崇人の心の臓は、口から飛び出すのではないかと思うほどに跳ね上がった。帝に名を呼ばれた。崇人は息を呑み、懸命に落ち着こうと試みる。

同時に、まわりがざわついたのがわかった。清峰。悪霊左府《あくりょうさふ》の血筋。低い声でささやき交わされる声に、秋永の近くに侍《はべ》ることになってから意識することのなかった、己《おの》が血の引け目を思い知らされる。

そんな口さがない者たちの言葉を遮るように、秋永が声高に言った。

「この者が、主上にかけられた呪を見抜きましてございます」

「ほぉ……。何者にも見て取ることのできなかった、呪をな」

昼御座がざわめく。畏れ多くも、帝に呪をかけるなど。想像もできない、あってはならないことだと、誰もが驚きの声を上げている。

「なにか、証がおありなのかな。八の宮さま」

そう言ったのは、太政大臣だった。太政大臣は陰陽道に傾倒しているという噂《うわさ》を思い出す。そんな彼が、呪を疑うような発言をするとは。否、傾倒しているからこそ、自分の目で見なければ信頼できないのかもしれない。

秋永は、なにも言わなかった。その代わりにさっと袍の左袖を翻す。なにが入っているのか、奇妙に膨らんでいた袖だ。秋永がそこに手を入れ、取り出したものに崇人は、あっと叫んだ。

驚きの声は、崇人のものだけではなかった。その場にいる者が皆、同様に悲鳴を上げる。

秋永が手にしているのは、髑髏。薄汚れたそれは、崇人が小雁とともに掘り出したものに相違なかった。

「な、な、なんというものを！」

声高にそう言ったのは、右大臣だった。

「畏れ多くも、御前にそのようなものを……いくら宮さまとはいえ、許されることではありませんぞ！」

秋永はちらりと右大臣を見たが、すぐに視線を逸らせてしまう。そして髑髏を両手に捧げ持つと、帝の御前に歩み寄る。

帝は、少しばかり顔をしかめたものの、声を上げるようなことはなかった。秋永の差し出した髑髏を見、目を細めた。

「……四の宮の手跡《て》であるな」

帝がご覧になったのは、髑髏の額に書かれていた文字だろう。その場の空気が、変わる。ざわり、とその場を支配したのは、帝の言葉に同調する声だった。

「四の宮さま……？」

「ということは……」

崇人は、目を見開く。皆が大きな声では口にしない、しかし続く言葉に心当たりがあるからだ。

秋永は、崇人を見やると言った。

「崇人。おまえの見知ったことを申し上げろ」

は、と崇人は、返事とも吐息ともつかない声を上げた。帝に直接話しかけるなどあまりにも畏れ多かったけれど、同時にそれは秋永の命令でもある。

崇人は固唾《かたず》を呑み、低い声で言った。

「四の宮さまは……祖父上のお望みによりて、髑髏秘法をなしたと仰せでした」

昼御座が、ざわめいた。ばかな、と声を上げたのは、四の宮の祖父である右大臣だ。彼は目をつり上げ、崇人を睨む。

「なにを、戯《たわ》けたことを……ここに四の宮さまがおいでにならないからと、好き勝手を！」

「なれば、その四の宮はいずこにある」

帝が、いと高き御方にふさわしい重々しい声音でおっしゃった。右大臣は、うっと声を上げて蒼白《そうはく》になる。

「四の宮を連れてまいれ。言い立ては、四の宮の口から聞こうぞ」

右大臣の顔が、ますます色をなくす。

四の宮は、外法界に封じられたのだ。そのことを右大臣が知っているはずはないけれど、その顔色から四の宮の行方を探索しかねていることは明らかだった。

しかし、と右大臣は絞り出すような声で言った。

「よ、四の宮さまの行方はともかく、私が呪を願ったなど、おかしな話ではありませんか！」

右大臣は、なおも言いつのった。

「主上は、このような者の申し上げることを信じられるのですか！　清峰など……悪霊左府の、血を持つ者を！」

崇人は、びくりと肩を震わせた。右大臣の言うことはそのとおりで、ますます自分は御前にあるなど許されない者だということを思い知る。

「古き話だ」

しかし帝は、嘲笑うようにそうおっしゃった。

「悪霊左府だと？　そなたはよくよく、昔語りを好むと見える。この者は、予が許した殿上人ぞ？　予が悪霊左府の血を厭《いと》うのならば、この者を召し使うとでも？」

「私は、主上の御身をご案じ申し上げているのでございます！」

なおも右大臣は、縋るように言葉を重ねた。

「仮に私が呪を望むとすれば、それは主上のお心を汲んでこそのこと！　畏れ多くもご寵《ちょう》愛《あい》深き弘徽殿女御腹の、二の宮さまを春宮にと、一の宮さまを……」

その瞬間、昼御座を痛いほどの沈黙が貫いた。

皆が、右大臣を見た。続く言葉を、誰もが読み取ったのだ。一の宮をこそ呪せしめん、と。問うに落ちず語るに落ちるとは、このことか。

「なるほど。我が心を汲んで、となる。そなたの忠義、言葉もない」

肌にぴりぴりと刺さるような無音の中、帝の、感情のこもらない声が響いた。

「しかし予は、二の宮を春宮になど望んではおらぬ。春宮は、一の宮。予が所存に、異議ありと？」

「そ、のような……ことでは、ございませぬ……が……」

右大臣はたじろぐ。帝は、右大臣に厳しい目を向けた。右大臣はますます怯む。

「昔話を出して人をおとしめる。我が意を歪曲《わいきょく》する。そのような心を持つ者なら、予に叛心《はんしん》ありと見ても不思議はないな？」

「叛心、など……」

右大臣の声は震えている。懸命に抑えようとしているのだろうが、そのわななきはどれほど耳の悪い者にも明らかだろう。

「一の宮に向けし呪、いかなることあってか予に向かったのであろう。その実は、四の宮に問わねばならぬが」

しかしこの場に四の宮はいない。常人がいくら捜しても、行方を知ることなどできるわけがない。右大臣はますます顔色を失った。そんな右大臣を、帝は静かにご覧になる。

「悪霊左府など、そのような下らないことを言ってまで人をおとしめようとするあたり、かった。

心にやましいものがあると見える」

右大臣は、なにかを言おうとした。しかし口がぱくぱくと動くだけで、声は出てこなかった。

帝はそんな右大臣から視線を逸らせると、そのまま崇人をご覧になった。崇人は身を硬直させて、まなざしを受ける。

「崇人やら。そなたも、なにやら由々しき目に遭うたとな。その労、ねぎらって遣わす」

「畏れ多き、儀……なにをも、申し上げようが……」

崇人は、ただただ畏れるばかりだ。そんな崇人に、帝が微笑を浮かべられる。そのまま秋永を見て、目をすがめられた。

「八の宮。苦労であった。そなたの労にも、いずれ報いてやろうほどに」

「ありがたき幸せ」

秋永はかたわらに髑髏を置くと両手を差し出して組み、頭を下げる。帝は微笑んで、それをご覧になった。

□

叡山の空は、変わらず厚い雲に覆われている。

雛の宮も、以前訪れたときと変わりはない。夏に鳴くほととぎすの声もなければ、花膨らむはずの橘《たちばな》もなかった。

几帳も、恐ろしい表情をした不動明王の描かれたものそのままだ。いったいこの宮には、季節というものがあるのだろうか――いくら女二の宮が常人の範囲では語ることのできない人物だとはいえ、暑い季節には暑いだろうに。

「して、右大臣どのには、いかように？」

倭琴の音色のような声がそう言った。几帳の向こうの、女二の宮だ。秋永の隣に崇人は座り、ふたりの後ろに小雁が控えている。あたりには、それ以外の人の気配はない。

「本来なら遠流《おんる》になってしかるべき科《とが》ではあるが、なにしろ帝には義父に当たる。永蟄居《えいちっきょ》で許されたらしい」

兄の答えに、几帳の向こうからはため息が返ってきた。

「まぁ……弘徽殿の御方には、お気の毒なこと」

崇人は目をしばたたかせた。女二の宮が、このような世俗のことに同情を示すとは思わなかったからだ。

秋永は、そんな崇人を横目で見やってきた。彼がなにを言いたいのか、首を傾げた崇人がなにをも言う前に、女二の宮の声が響く。

「なんにせよ、四の宮のお兄さまを押さえることができたというのは、よろしゅうございました」

　倭琴の声音が、低く続けた。

「あの御方は右大臣を操り、都をわたくしの力を越えた穢れで満たそうとし……四の宮のお兄さまが少輔の君を意のままにされるようなことがあれば、なにが起こったか知れたものではございませんでした」

「もう、少輔ではない」

　そう言ったのは、秋永だった。

「このたびの労苦をねぎらって、大輔に取り上げられた。正五位上の、殿上人だ」

「それは、おめでたき儀にございます」

　しゃらり、と衣擦れの音がした。女二の宮が頭を下げたのだろう。

「重ねて、御礼を申し上げます。少輔……いえ、大輔の君には、よくお働きいただきました」

「私は、なにも……」

　慌てて、崇人は首を振った。それが几帳の隙間から見えたのか、女二の宮がくすりと笑う。崇人はいたたまれなく口をつぐんだ。そして秋永と女二の宮が揃っている今こそ、これまで抱いてきた疑問が解かれるのだと感じた。

「あの……」

口ごもりながら、崇人は言った。

「秋永さまの、お姿……四の宮さまとの戦いの中で変わられた、あのお姿」

ん？　というように、秋永が首を傾げる。小雁の耳が、ぴくぴくと動いた。

「私には……白い狐に見えました。あれは、外法界などにいたがゆえに、私の目がおかしかったのですか」

「あれ、知らないの？」

小雁は、今度はしっぽを振った。ふぁさり、ふぁさりと簀子を叩《たた》く。

「秋永さまは、安倍の御方の血を引いていらっしゃるからね。安倍の御方の母君は、葛葉《くずは》明神さま……白狐でいらっしゃるんだ。だから、その血が現れるとお姿が変わる」

聞かされたからといって、簡単にうなずける話ではない。崇人は戸惑い、そんな彼に秋永は目を細めた。後ろにいる小雁は、耳をぴくぴくとさせている。

「そのような御方のそばにあって……いまだ、私にはわからないのです。秋永さまの沿え星というのが……どういう意味なのか」

「あなたは、そこにあるだけで……八の宮のお兄さまの力になる」

答えたのは、女二の宮だった。

「呪をいや増す、燃え盛る陽の存在。爐中火の定めのもとに生まれた御方」

崇人は、目をしばたたかせる。秋永を見やると、彼は目をすがめたまま言った。

「言っただろう。おまえは、丙寅、司命星の男子《なんし》。その陽の気がもっとも強く燃え上がるのは、丁亥の年。私は星見でそのことを知り、そのときを、ずっと……待っていた」

「丁亥の年……？」

六十花甲子《ろくじゅっかこうし》が頭を巡る。丁亥の年というのが、次の年だということに気がついた。

「そうだ。本来ならおまえは、まだ眠っているはずの雛。殻を破るには至っていないはずだった」

「ですがあなたは、髑髏秘法を加持することなく破ったことで魂がさまよい、四の宮のお兄さまの手中に堕ちた。外法界に堕ちた」

そこで、女二の宮は言葉を切った。秋永が、その言葉を継ぐ。

「結果としてそのことが、おまえの目覚めを早めたのだ」

兄妹の言葉に、崇人は、はぁと間の抜けた答えをするしかなかった。そして、あることに気がつく。

「ずっと……？　ずっと待っていた、とは……？」

崇人の言葉に、秋永がいたずらめいた表情をした。後ろに座っている小雁が、ぱたぱたとしっぽを動かしながら言う。

「秋永さまが、沿え星となる者……崇人を見つけられたのは、初めの星見をされた御年六歳のときなんだよ」

誇らしげに小雁は言った。なるほど、六歳などという幼き身で星見を行えるほど、秋永は才ある陰陽師だということだろう。しかし、と崇人の脳裏にはさらなる疑問が浮かぶ。

「秋永さまが六歳であられたということは、私は生まれたばかりでは？」

そうだよ、と小雁が得意げに言った。

「司命星の輝く夜、崇人が生まれたのを、秋永さまは星見でお知りになったんだ。そして丁亥の年が来るまで、お待ちになっていらっしゃったんだよ」

崇人は、秋永を見やった。彼はますます、悪事を企《たくら》む子供のような顔をする。

「八の宮のお兄さまは、丁亥の年が来るまでと、おひとりでわたくしを支えていてくださったのです」

女二の宮がそう言うのを、崇人は秋永を睨みながら聞いていた。

「わたくしがこのような、雛の身でなければ……お兄さまにも大輔の君にも、ご苦労をおかけすることもなかったのですが」

「苦労、など……そのようなことは、思っておりませんが……」

それよりも、なによりも。崇人の胸には、小雁の言ったことが引っかかっていた。

（私が、生まれたときからだと？）

思わず眉間に、皺が寄る。

（つまりは、あの桜見の宴で出会ったとき。あのときの秋永さまは、とうの昔に私のこと

をご存じで……？）

眉をひそめた崇人の鋭く尖った視線を受ける秋永は、ふいと目を逸らせた。涼しい顔をして蝙蝠《かわほり》扇をぱちりと開くと、口もとを覆う。

そして崇人を見やると、まなざしだけで笑ってみせた。

終章　――清輝――

叡山の道は昼なお暗く、険しい。

下草を踏んで、二騎の馬が行く。崇人はひとりで、秋永は後ろに小雁を乗せて、ともに手綱を握っている。

「……秋永さま」

崇人は、口を開いた。秋永は、なんだとでもいうように目を向けてくる。

「あの、桜見の宴の日。あの日私に名を尋ねられたのは、なにゆえだったのです」

「名を知りたかったからだ」

面憎《つらにく》い口調で、秋永は言った。

「なにをおっしゃるのですか。すでに、ご存じだったのでしょう？」

そのことを小雁の口から聞いてからというもの、崇人の眉間には皺が刻まれたままだ。

「私が生まれたときから、星見で私のことをご存じだったなんて……なぜ、おっしゃってくださらなかったのです」

「そのほうが、宿運ゆえに賜った出会いだと感じられるだろう？」

「そのようなお心遣いは、無用です」

不機嫌な顔つきのまま、崇人は言った。秋永は、首を傾げる。馬の諾足が立てる音が、あたりに響いた。

「なにが、それほどに気に入らぬのだ。私は、おまえの目覚めまで待っていてやったのだぞ。おまえが年を重ねるごとに美しくなっていくのを目に、どれだけ我慢してきたか」

我慢とは、なにをだ。しかも「美しい」とは。崇人は、口の端を引きつらせた。

「おまえは私の忍耐に、感謝してもいいくらいだと思うが？」

崇人の口もとが、ますます引きつる。小雁も首を横に曲げた。

「崇人、怒ってるの？」

彼の総角の裾が、さらりと揺れる。秋永も、同じ顔をして崇人を見ていた。

「……別に、怒ってはおりません」

なおも苦い表情のまま、崇人は言う。

「ただ……私は秋永さまをお見上げしたこともなかったのに、秋永さまはとうの昔から私をご存じだったというのが、気に入らないだけです」

「おまえを、幼いころから見守っていたのだぞ？」

秋永が、崇人を覗き込むようにさらに首を傾かせる。

「おまえがつつがなく育っているか、ときおり垣間見していたのだからな。それほど気にかけてやっていたのに、気に入らないとはずいぶんだ」

崇人は、唖然とする。垣間見とは。思わず呆《あき》れ、眉間の皺も伸びてしまう。

「……そんなふうに、童のころから知っていた者に手を出すというのは……かの光源氏の君もかくや、というところですね」

「なるほど。するとおまえは、紫の御方というところか」

目をつり上がらせて、崇人は秋永を睨む。目が合うと、彼はにやりと笑みを浮かべた。

「しかし私は、光る君のような好き心は持たないぞ？　なにしろ今まで北の方も持たず、慎ましくおまえの目覚めを待ってきたのだからな」

「今まで、通うところのひとつもなかったとは思いませんが」

つんと澄ましてそう言うと、秋永は笑う。その笑声は快活で朗らかで、たとえ今まで何人通う者があったとしても許してしまいたくなる。崇人は思わず、口もとを緩めた。

「ねぇね、光源氏の君ってなに？」

小雁が口を挟んでくる。秋永が説明してやっているのを聞きながら、崇人は空を仰いだ。

雲が、晴れていく。叡山の奥深い陰を抜けると鮮やかに緑が色濃く、燦々《さんさん》と照り輝く卯《う》月《つ》の陽があって。崇人は深く、爽《さわ》やかな空気を吸い込んだ。

かたわらに目をやると、秋永がこちらを向いたところだった。視線が合って、彼が目を細めたのに崇人も応える。

秋永は、馬を寄せてきた。彼の左手は手綱を放し、崇人の手に触れる。強く握ってくる。伝わってきた熱に、どきりとした。彼の肌――なにもまとわない素肌の感覚を思い出して、頬が熱くなる。

「……おまえ、そのような顔をもするのだな」

いったい崇人は、どのような表情をしていたのか。秋永が瞳を見開いて驚いているのに、崇人は目を細めて微笑んだ。

（終）

あとがき

こんにちは、雛宮さゆらと申します。今まで細々と小説を書いてきましたが、アズ文庫さんとご縁がありこうしてデビューさせていただけることになりました。パソコンも一新し、新たな気持ちで、面白いお話をたくさん書いていきたいと思っています。

本文中、四の宮のお兄さまがかぶりものをつけていないことを、崇人がしきりに変だ変だと言っておりますが、当時の成人男性がかぶりものなしなのは相当変……というか、大変に恥ずかしいことだったらしいです。聞いた話ですと、当時の春画でさえも男性は、すっぽんぽんでもかぶりものだけはしっかり身につけているらしいです。平安男性のアイデンティティだったらしいかぶりもの。というわけで帳台《ベッド》の中の秋永と崇人もかぶりものだけはつけているはずですが、うっかり取れてしまうくらい激しかったんですよ……！

担当さんのお気に入りは小雁です。そんな小雁を始めキャラたちを麗しく描いてくださった月之瀬まろ先生。編集部の皆さま、関係すべてのかたがたにお礼申し上げます。そして読んでくださった皆さまに、言葉にならない感謝を。また、お目にかかれますように。

雛宮さゆら

そんなわけで小雁をモフモフしたいっ！という願望と、クールビューティな秋永さまも崇人のこととなるとおちゃめな一面を見せるのではという勝手な妄想を描かせていただきました(*´ω`*)
原稿中は平安男子の色気と小雁のかわいさにノックアウトされながらの作業でした！
雛宮先生、担当様、そして読者の皆様、本当にありがとうございました！
月之瀬まろ

この本を読んでのご意見・ご感想・
ファンレターをお待ちしております。
〒101−0051
東京都千代田区神田神保町2−4−7
久月神田ビル7F
(株)イースト・プレス　アズ文庫 編集部

＊本作品は書き下ろしです。

陰陽師《おんみょうじ》皇子《みこ》は白狐《びゃっこ》の爪《つめ》で花嫁《はなよめ》を攫《さら》う

2014年6月10日　第1刷発行

著　者：雛宮《ひなみや》さゆら

装　丁：株式会社フラット
DTP：臼田彩穂
編　集：福山八千代・面来朋子
営　業：雨宮吉雄・藤川めぐみ

発行人：福山八千代
発行所：株式会社イースト・プレス
〒101-0051
東京都千代田区神田神保町 2-4-7
久月神田ビル 8F
TEL03-5213-4700　FAX03-5213-4701

http://www.eastpress.co.jp/

印刷製本　中央精版印刷株式会社

©Sayura Hinamiya, 2014 Printed in Japan
ISBN978-4-7816-1172-3　C0193

※本書の全部または一部を無断で複写することは著作権法上での例外を除き、禁じられています。乱丁・落丁本は小社あてにお送りください。送料小社負担にてお取替えいたします。
※定価はカバーに表示してあります。

AZ BUNKO 奇数月末発売！ アズ文庫 絶賛発売中!!

世界はきみでできている

辣腕弁護士なのにプライベートでは『親友』に
デレデレ!?　溺愛リーガルラブコメ♡

定価：本体650円＋税　イースト・プレス